KEY·可以文化

李敬泽 著

在秋
我春
的
遇见
人和
神

浙江文艺出版社
Zhejiang Literature & Art Publishing House

**图书在版编目（CIP）数据**

我在春秋遇见的人和神 / 李敬泽著. — 杭州：浙江文艺出版社，2024. 8（2024.10 重印）. — ISBN 978-7-5339-7690-3

Ⅰ．Ⅰ267. 1

中国国家版本馆 CIP 数据核字第 2024NX3174 号

| | |
|---|---|
| **策划统筹** | 曹元勇 |
| **责任编辑** | 易肖奇 |
| **营销编辑** | 耿德加　胡凤凡 |
| **责任印制** | 吴春娟　眭静静 |
| **封面设计** | 付诗意 |
| **辑封设计** | 吴　瑕 |
| **数字编辑** | 姜梦冉　诸婧琦 |

**我在春秋遇见的人和神**

李敬泽　著

| | |
|---|---|
| 出版发行 | 浙江文艺出版社 |
| 地　　址 | 杭州市环城北路 177 号 |
| 邮　　编 | 310003 |
| 电　　话 | 0571-85176953（总编办） |
| | 0571-85152727（市场部） |
| 印　　刷 | 上海盛通时代印刷有限公司 |
| 开　　本 | 850 毫米×1168 毫米　1/32 |
| 字　　数 | 144 千字 |
| 印　　张 | 8.25 |
| 插　　页 | 4 |
| 版　　次 | 2024 年 8 月第 1 版 |
| 印　　次 | 2024 年 10 月第 3 次印刷 |
| 书　　号 | ISBN 978-7-5339-7690-3 |
| 定　　价 | 56.00 元（精装） |

# 目 录

春秋路一

# 寤生二三事

《春秋》悠悠万事，头一件：郑伯克段于鄢。此为公元前七二二年，《春秋》纪事首年。

《古文观止》头一篇，亦是《郑伯克段于鄢》，我上中学时，课本里好像也有。凡我华夏读书人，这篇文章都烂熟于心。从中学了什么呢？我看主要是学政治：大权在握的时候，要沉得住气，让王八蛋们充分地表演。敌人是注定要跳出来的，笑眯眯看着他跳，反正事物的规律是他跳得再高也得往下掉。直到他高得劈了音跑了调，这时你再出场，一巴掌拍死他，效果就是戏剧性的，两千七百多年都有人持续叫好。

郑伯是郑国国君，谥号庄公。郑庄公是春秋初期的大政治家，一生办成了若干大事。现在要谈的，是他办的小事。比如镇压了他弟的叛乱图谋，把该老弟赶到某国去了，这是大事；掉过头又把亲娘抓起来，这就是善后的小事。该娘是史上头一个偏心的妈，小儿子要攻城，老太太在里边张罗着开城门，倒好像大儿子就不是亲儿子。对春秋时代，孔夫子铁口直断：君不君臣不臣，父不父子不子。话说这时候孔夫子还没影儿呢，但圣人之言总是反映着时代的呼声，庄公就一咬牙一跺脚：母不母，子不子，把这老娘儿们关起来！"不及黄泉，无相见也！"

算计他弟时，庄公冷静如青铜，很有政治家风范；但对付他妈，就感情用事了，不讲政治了，撒娇犯浑了，竟把个亲娘判了终身监禁。

后面的事，大家都知道，有个叫颍考叔的来劝，庄公很后悔，但怎么办呢？话已说绝。"不及黄泉，无相见也！"这就是不死不相认，而寡人离死尚远。

好个颍考叔，早预备下了解套的妙招：黄泉不就是地下吗，挖个地道又有何难？

幼时读《古文观止》，看到挖地道这段颇为兴奋。现在四十往下的人大概都不知地道什么样儿，幼时我们这代人主要的游乐场所就是院子里的地道。挖地道据说是为了防止外国扔炸弹，炸弹没有来，地道却遍布华夏大地。据说其中发生了甚多见不得人的事，一不小心被掏出来晒在太阳底下，人肉很白，人群很爽。那时还小，见不得人的事不懂，但穿行于地道，却是铭心刻骨的冒险经历：黑暗、潮湿，一个庞大动物的体腔，前边一人一声尖叫，后边三五人掉头狂跑……

两千七百年前的地道里，郑庄公找妈妈，他举着火把向前摸去，不但不怕，还忍不住要作诗了："大隧之中，其乐也融融！"——下了地道，真呀么真幸福！

那时我华夏之人能歌善舞，郑卫之地对歌流行，火光一闪，他妈过来了，闻声对了一句："大隧之外，其乐也泄泄！"这句就有意思了，出去吧出去吧见了太阳真高兴！

总之，一声娘一声我的儿，眼泪和极其热烈的掌声。

长大了，重读这一段，忽然觉得很不对头。不是我想得太多，而是弗洛伊德早就想过。这位庄公通过地道找母亲，进了地道心欢喜，他也许是真的想回去，回到那个黑暗的地方，他真的不太喜欢外面。

——他的名字叫寤生，训诂学家忙了两千多年，做了十七八种解释，总而言之，"寤生"大概就是难产、逆生。这孩子不愿出来，被抓着双脚硬拽出来，差点要了他妈的命，当妈的想想就后怕，心就偏到别处去了。

寤生这一生正好就落在了中国第一部成文史的开头，这真是个好位置，一不小心干什么都是"第一"：他是史上第一个难产而生的人。

但郑国的国君却不是好位置。现在的郑州四通八达，这是优势，但在古时，这叫"四战之地"，虎狼环伺，严重劣势。生何难，死何易，终其一生，寤生反复谈及郑国的灭亡——离破产清盘只有五分钟。他是一个重要的战略原则的发明者和实践者：劣势之下，最好的防守就是进攻，不能停，闲着要挨打，要动起来，抢在挨打之前打人。

春秋的战争是贵族战争，打仗是高贵的事，是精英的专有权利，直到孔夫子，还是认为读书人就该坐得书房，上得战场。那时开战之前，要在宗庙举行庄严的"授兵"大典，把战车和兵器授予高贵的武士们。

有一次，就在"授兵"大典上，出事了。前边提到的那位颍考叔，按说是位君子，但春秋时甚少没脾气的君子，君子大多是身体棒敢打架的，他和另一个将军叫子都的为争一辆战车起了冲突，颍考叔拉起车辕就跑，子都拔戟便追，长安街上跑了十几里，二人累得瘫倒，只好作罢。

这件事若到此为止也上不了《春秋》，问题是还有下文：战场上，颍考叔果然骁勇，一手擎着大旗，头一个登上了敌方城头——就在此时，城下乱军之中，只见弓如满月箭似流星，一箭飞去，可怜那颍考叔栽下城头！

这是战场打黑枪啊，从古至今都该杀无赦。寤生很生气城是攻下来了，但这事不算完，他传令三军，站好队，端着猪、狗、鸡，一起诅咒那打黑枪的孙子：谁干的谁干的？让丫不得好死！

谁干的？大家都知道，子都干的。

窟生是在装糊涂。领导真糊涂时，你可以劝，比如颍考叔就出来劝了；但领导装糊涂时，你不能劝，比如此时，全军念念有词，没一个人出来指证子都。

为什么呢？因为子都是世上最美的男人，有郑国小曲为证："山有扶苏，隰有荷华，不见子都，乃见狂且。"（《诗经·山有扶苏》）那意思是，只要心里想起子都，这世上别的人包括男人女人就都没法看了。

所以，子都现在就站在窟生身后，大家你看我一眼，我看你一眼：谁干的谁干的？让丫不得好死！

颍考叔就这么白死了，公然败坏了贵族共同体的正义。后来京剧里有一出《伐子都》，大家伙儿的诅咒完美应验，子都果然被鬼捉了去，武生子都，俊美如妖如神。这戏在新中国成立后就列入了禁戏目录，至今难得一见。

当然，装糊涂，说明窟生是个明白人。此一战，郑国占领了许国，若放到现在，好汉们必是"灭了它灭了它"喊成一片，但窟生不，他善待许国的公族，特别交代占领军头领：别放肆，要客气，我死之后马上收拾行李撤军，许国还是许国人的许国。我亲弟弟跟我都不是一条心，许国人怎么可能跟我一条心？留着许，是缓冲、屏障；灭了许，郑国就成了前沿。

敢战而能胜，是本事；胜而能和平，是大本事。寤生有大本事，所以能成大事。公元前七〇七年，寤生迎来了一生中最辉煌的战役：君不君臣不臣，他与周王天子列阵对决。这是真正的春秋第一战，周王大败，肩膀上挨了一箭。众将齐声喊：追呀快追呀。寤生勒马沉吟，长叹一声道："君子不欲多上人，况敢陵天子乎？"说的是，欺负人不能欺负得太狠，君不君臣不臣也要讲个分寸。

此夜，寤生失眠，夜半而起，命人进了周营，带着好吃好喝好伤药，慰问周王。

——这个不愿出生的人，竟是深知人世的山高水长。

春秋路二

# 无益也？

公元前六五一年，晋献公卒。献公在位二十六年，并国十七，服国三十八，战十二胜，固一代雄主也。只可惜老房子着火老糊涂，辜负了一世英名。

临终前，这个老人的身边只有年轻的妾室和年幼的儿子，漫长的猎杀已见分晓，唯一的赢家似乎是眼前这个女人——骊姬。这个夷狄之女，她曾是这个男人的战利品，这是一头美得令人目眩的野兽，矫捷、机警、残忍，疾风一般把他带向生命的深黑之处，喘息、眩晕、撕咬、吞咽，身体内烧着蓝色的火。

现在，老人睁开眼，看到了满目疮痍、血雨腥风。太子申生已经被逼自杀，次子重耳和三子夷吾流亡国外。朝中大臣满怀怨愤，他们和三位年长的公子有千丝万缕的关系，他们恨这个女人和她的儿子奚齐，这个野蛮的女人，魅惑了他们英明的君王，把晋国的王权当作了淫荡长袍上的配饰……

老人望着走进来的老臣荀息，万般不甘，但只得交班，他抬起手，指向骊姬的儿子：

"以是藐诸孤，辱在大夫，其若之何？"

我把这孤苦伶仃的孩子托付给你，你打算怎么办？

荀息跪下，拜倒，抬起头，老泪纵横。他的君王知道，他同样痛恨骊姬，但是，现在，他的君王看着他说，我把我的女人和儿子托付给你。

这与君臣无关，这是一个濒死的男人向这世间他唯一信任的人托付一切。

荀息说："臣竭其股肱之力，加之以忠贞。其济，君之灵也；不济，则以死继之。"

还说什么呢？后事如何，荀息不能保证，但是，他保证自己的忠与贞。所谓"贞"，就是假如他的君王死而复生，荀息仍能坦然无愧。


这是公开宣扬的谋反。所有的人都等着他们畏惧的君王断气，然后，群狼将扑向他的女人和孩子。

密谋者不屑于保密，他们当然不怕骊姬，这个浅薄的女人，她的胜利是多么脆弱，只有她的男人活着她才是胜利者，而现在，她马上就什么也不是了。密谋者们只是认为有

必要找荀息谈谈，他和他们一样恨骊姬，和他们一样，知道
晋国需要贤明英武的君主，而奚齐不是，晋国的王位应该属
于重耳或夷吾。他们相信，荀息会站在他们一边。

现在摊牌。大臣里克把计划原原本本告诉了荀息，最后
问道："子将何如？"

沉默。终于，荀息说："将死之。"

里克急了，你怎么就这么糊涂呢老兄？你看看这形势，
要是你死了，那小子能顺顺当当继位，行，也算死得值；
可是你死了，那小子一样要完蛋，"无益也"。你这不是白
死吗？

——"无益也。"这个句子后来在中国人的生活中长久回
响，每当不得不做出抉择的时候，每当有人要有所坚持，要
犯傻、犯一根筋，要不合时宜的时候，这句话总是会冒出
来，无益也，有什么用啊？

我们最好的朋友这么劝我们，我们自己也这么劝自己，
"无益也"变成我们内心与生俱来的声音，然后，我们就精
打细算地度过了有益的一生。

但是，荀息大概是第一次听到这句话，他断然回答：

我不能违背对先王的诺言。"虽无益也，将焉辟之？"人
的问题不仅是有益无益，有时人的问题是，他必须毫不退缩
地尽他的责任，忠于他的诺言和选择。

　　用今天的语言谈论荀息是困难的。两千多年前的春秋乱世，中国人对如何达到生命的善好、如何在艰难混沌的世事中坚持道德生活做过英勇的、灵敏的、富于想象力的探索——荀息当然不是刻板迂腐之辈，以任何标准衡量，他都是那个社会的成功者，诡计多端，无情地利用人的弱点。"假虞灭虢""唇亡齿寒"，这两个成语即是荀息的杰作。他和里克两度率军伐虢，以骏马和玉璧收买虞国，请求借道。有人劝：使不得呀不能借，岂不知"唇亡齿寒"？但也许是因为虞国太小，虞公办外交专喜欢拨拉着算盘珠子算小账：路借完了还是路，不怕他借了不还，卖了好还白落下骏马玉璧，为什么不借？于是荀息里克灭了虢国，回家路上顺便就把"牙"拔了，牵骏马捧玉璧向献公交差，此时的献公雄姿英发，说了一句话果然蕴藉：

　　"璧则犹是也，而马齿加长矣。"

　　荀息决不会因为不曾信守与虞公的约定而羞愧，那是人类生活中的另一区域，在那里胜利是至高的价值，取胜是他的责任。而现在，他同样坚决地认为，他必须舍弃生命以达成他的承诺。

　　但是，荀息并没有采取行动阻止里克。他一开始就知道，其实献公也知道，将要发生的事势必发生，密谋者们是忠诚的爱国者，如果不是那天他被召到了临终的先王面前，

那么他也许会做同样的事："人之欲善，谁不如我？我欲无
贰，而能谓人已乎？"——人力求做对的、好的事，但人类
生活中的各种善好价值常相冲突，合于道德的生活必定是
艰难的，不得不做出痛苦选择。现在，荀息说，我欲尽我之
忠，我无意阻止你们尽你们的忠诚。

献公死后一个月，奚齐被杀。荀息拼尽残存的权力和影
响，扶立献公与骊姬之妹所生的卓子。他不是不知，这个孩
子同样难保，他只是确信，若献公仍在，这会是献公的决
定。又过一个月，就在朝堂之上，众目睽睽之下，里克一刀
杀了卓子。骊姬被鞭笞而死。荀息自尽。

当时的晋国人有着比两千六百年后复杂得多的道德感受
力，他们无法细致地分析荀息所应对的疑难，但他们直觉地
知道，荀息是好的，他没有站在大多数人的善好一边，他
坚持践行了一己的善好："白圭之玷，尚可磨也；斯言之玷，
不可为也。"晋国人骄傲地为他们的英雄吟唱《诗经·大雅》
中的诗句。

白玉上的瑕疵可以磨去，人的言语和承诺坚不可移。

那时的晋国，英雄遍地。

# 可疑的树

不能在屋里说话。

因为，隔墙有耳——那是古代，现在是墙内有耳。

所以，要紧的话不是在屋里说的，是在花前树下说的。甲和乙在园子里转啊转转啊转，直转得刀光剑影、世界永不安宁。

读政要回忆录，政治家出访，一大烦恼是在对方的地盘上找不到说话的地方。二十世纪七十年代冷战，基辛格访苏，每到要紧处都要拉着助手到院子里去说话，那是俄罗斯的冬天啊，等两个人商量定了主意，都冻成一片冰心在玉壶。

在树下说话也要看是什么树，比如，就不能在桑树下说话。

左传僖公二十三年，追述晋公子重耳当年事：被糊涂爹和狠毒后妈所迫，亡命天涯，一口气跑到了夷狄——说起来，重耳的亲娘就是夷女。夷夏之别，春秋时已经渐严，但重耳他爹献公有一种浪漫主义审美趣味，偏就喜欢异族的、跨文化的、野性的女人，接二连三抢了几个夷女，包括后来作乱的骊姬和她妹妹。所以晋国公室到了重耳这一代已是混血，这在当时就被认为是一个值得注意的问题。郑国的时事评论家叔詹分析后献公时代的晋国政局，认为重耳或有可能脱颖而出，理由之一是："男女同姓，其生不蕃，晋公子，姬出也。"翻译成现在的意思，就跟我家楼下李大爷的观点没什么不同。这位李大爷，儿媳妇蓝眼黄毛，老爷子喝几口小酒就要夸孙子，立论奇崛：你看他爸他妈，不是一种儿啊，南瓜和北瓜都能串到一块去！这小子，长大了还了得？

重耳出逃时十七岁，在夷狄待了十二年，其间娶了个夷狄老婆。但老这么待下去不是事，就好比一个人有志于演艺事业，却不在圈儿里混着，老待在草原上喝酒，机会就永远不会找上脸儿不熟的人。圈儿在哪儿？就在南边，华夏诸国。于是这一日，重耳收拾好行李，跟夷狄太太深情作别：

"亲爱的，等我二十五年，二十五年后我若不回来，你，你就嫁了吧！"

太太掰着手指头算啊算：我今年二十五了，再等你二十五年，我就五十了，我都五十了我嫁谁啊我。啊——你丫别跑啊！

重耳掩面绝尘而溜，一口气就到了齐国。

齐国果然不同，首都临淄，那是特大都市，成语中有摩肩接踵、挥汗如雨，最初说的就是这座城。后来的人不开眼，以为挥汗如雨是一个人吭哧吭哧干活挥汗如雨，你挥挥试试，能如雨吗？那说的是临淄的大街上全是人，人人一把汗就是一场暴雨一场洪灾，马车变船，极言其繁盛也。

如此花花世界，那重耳能不晕乎？况且，这时的齐国孝公当政，颇有志于天下，一见重耳来，便知这是打麻将来了香张，有用没用先留着，兴许碰巧了就能和一把大的。挑了个闺女嫁给他，陪嫁摆了半条街，骏马一匹一匹数了若干遍，整整八十匹。

小日子就过起来了。新夫人齐姜，样貌如何，史上无载，书里记着的是，此时的重耳，如刘皇叔入了甘露寺，此间乐，不思晋，更不思夷。重耳的想法是：就这么过下去，愿岁月静好，不再折腾。

但群众不答应，读者不答应。重耳消停了，下面的故事全没有了，没了故事跟着他的几个兄弟怎么办？别家乡、弃父母，就是为了跟着你长跑十二年，最后跑到外国安个家？把我们当外逃贪官了吗？走！必须走。

于是，领头的子犯带着哥儿几个找个背人的地方说话——屋里不能说，隔墙有耳。揣着一肚子话转啊转，忽见桑树一棵，亭亭如盖，看看前后左右无人，开始密谋……

几百年后，有女秦罗敷，"采桑城南隅"，"头上倭堕髻，耳中明月珠，缃绮为下裙，紫绮为上襦"，然后全城轰动，男人们集体围观，诗人只是不曾说，这位一身香奈儿的小姐是怎么采桑的。

现在，读了《左传》，我知道了，原来秦罗敷并非婷婷立在树下，而是——在树上。至于她怎么上的树我就不知道了，看那身行头总不至于是爬上去，也许是会轻功也未可知。反正就在春秋这一天，恰好也有一个采桑的，显然是在树上。不是别人，正是齐姜的陪房大丫头，伺候了少爷少奶奶，还得采桑和养蚕，趴在树杈间把哥儿几个的打算听了个明明白白。

——要走是不容易的，重耳自己就不会答应，重耳答应了，齐姜必定不答应，齐姜答应了，齐孝公也断不能放他们走。

所以，想啊想，也只有下蒙汗药、生米做成熟饭、偷运出境……

那位大丫头，等哥儿几个散了，刺溜下了树，一溜烟儿飞奔进了屋：不好了不好了！公子要跑了！

齐姜无表情。她可能都没转过身来，她可能只是静静地站在那儿，看着窗外。齐姜想了一会儿：杀人是怎么回事，怎么杀，怎么杀得利索，别杀得脏。

然后，她转过身来，那个丫头就倒下去了。

也许她手边就有一把刀，或者一把剪刀，甚至一根簪子。

总之，她发现杀人很容易。

然后，她就去找她的丈夫：

"你的心思，都被人家听见了！不过，那小浪蹄子，已经死了。"

重耳必定是又慌又冤：

"没有啊！我的心思你还不知道吗？其实不想走，其实我想留，留下来陪你度过春夏秋冬……"

KTV 正抒情呢，齐姜一声断喝：

"行也！怀与安，实败名！"

翻译：你个没出息不长进的东西，你就打算在炕头混一辈子吗？你对得起你爹你妈天下苍生还有你老婆我吗？……

重耳听不进去，重耳不走，重耳厌倦了无尽的流亡和等待，重耳不明白怎么他不离开老婆就是对不起老婆，不明白他怎么就不能过几天安生日子。

但是，命里注定，重耳属于他的朋友，属于追随他的人、嫁给他的人，属于广大投资者，他必须对投资者负责。

于是，有一天，重耳一觉醒来，发现已身在齐国边境之外。只是春秋尚未发明蒙汗药，他的朋友和他的老婆用的是常规办法：陪他喝酒，把他灌醉。

重耳气疯了，抄起一把刀，要剁了子犯。

荒原上，两个人一个追，一个跑。越来越远……

这时，距重耳回国成为晋文公还有八年，前边还有很长的路，要走过曹国、郑国、楚国、秦国……

当然，他们再也不会在树下说话了，他们从此以狐疑的目光打量每一棵树。

# 长跑比赛

晋献公死后，先后继位的两个宝贝小儿子，被里克一刀一个杀了。

然后提刀问曰：

有木有？有木有？

献公儿子成群，留在晋国国内的当然还有，但哥儿几个看看里克的刀，齐声喊：木有木有！

这就叫权力真空。国君的宝座空着，都落了土了，必须有人坐上去。里克自己是不敢坐的，春秋早期，固然是君不君臣不臣，但并非没有底线。一个人可以弑国君如宰小鸡，但他还得再找一只鸡，他想都不敢想自己做鸡。

重耳和他弟弟夷吾的机会来了，他们是献公仅存的嫡子，都遭了迫害，流亡在外，在国内仍有相当的声望和人脉。机会属于有准备的人，而这两位已经流亡十四年，时刻准备着，等的就是这一天。

问题是，谁跑得更快，谁能抢先到达终点？

这样的比赛春秋时经常举行。比如齐国内乱，空虚无主，有资格继位的兄弟俩一个流亡于鲁，一个流亡于卫，鲁是哥，卫是弟，齐国官民掐着秒表、望着远方，等待着等待着，就看这哥儿俩谁先撞线。

看看地图你就知道，鲁就在山东，卫却在河南，哥已经占了便宜，而且，这种比赛也不必讲什么公平，当哥的竟然派人在半路上设埋伏，一箭就把他弟射下马来！

比赛到此结束。哥得了消息，不知哭了没有，不知笑了没有，反正现在没人跟他抢了，消消停停，游山玩水，从曲阜到临淄，他居然走了六天。到了城门口，迎面碰上一群拿刀拿枪的裁判：来晚了，比输了，你弟早都进城了！

却原来，那一箭，正射中他弟的衣带扣，那小子当场跌下马，蹬腿翻白眼。但死是假死，跑得飞快却是真的。

悔青了肠子啊。哥掉了脑袋。弟登上王位，是为齐桓公。

所以，还等什么？比赛开始啦！

这回又是弟弟跑得快。夷吾二话不说，派人快马加鞭跑到秦国，一张地图摊到秦穆公面前：

从这儿到这儿，黄河以西，只要帮我家公子得了王位，全归您了！

"人实有国，我何爱焉？"

——这话是夷吾说的，托使者转达。翻译一下：这国反正现在也不是我的，有啥舍不得呢？

卖国，见过。但卖得如此坦荡，倒真是古今罕见。平心而论，夷吾肯这么说，确实是因为这国现在还不是他的，开的是空头支票，后来真当了国王，秦国要求履行合同，他还是舍不得了，脸红了一红，死不认账。

不认账，很好。但问题是，当初是否应该欠这笔账？

如果在网络上提出这个问题，我相信，百分之九十的人会答不；但在生活中，我相信，百分之九十的人根本不会把它当成一个事儿。两手空空的赌徒需要赌本，需要他的第一桶金，特别是，如果该赌徒有着比夷吾更为远大的理想和抱负，他可能毫无心理障碍，相对于那个宏伟的目标，此时的苟且又算得了啥呢？

这样的人肯定会跑得更快。重耳和夷吾胜负已分。在他的弟弟可以苟且的地方，重耳，这个同样穷途末路、同样两手空空的人，他竟绝不苟且。

几年后，重耳流落到了楚国，这时，夷吾正端坐在王位上，而重耳似乎连参赛资格都已失去。楚王请这个失败者吃饭时，忽发奇想，问道：

若是我帮着你夺回了晋国，你怎么报答我？

楚王也不过是闲聊解闷罢了，他未必真的打算干涉邻国内政，颠覆合法政权，把眼前这个倒霉蛋送上晋国王位；或许，他只是怀着嘲讽，等着重耳掏出地图。

重耳注视着楚王，重耳没有掏出地图。终于，重耳笑了：

晋国，除了地下有煤，地上有人，别的啥都没有；地下的煤，两千多年后才能挖着卖，地上的人，楚国多得是，还真想不出来怎么报答您。

听了这话，楚王不得不认真了：

要是一定要你报答呢？

重耳曰：

"若以君之灵，得返晋国。晋、楚治兵，遇于中原，其辟君三舍。若不获命，其左执鞭弭，右属櫜鞬，以与君同旋。"

翻译赶紧把山西话翻成湖北话：您若真帮着我回了晋国，日后两国交战，我先退兵九十里，还你这个人情；退了九十里，您还不罢休，那就只好拼个你死我活！

——这哪是求人啊，这是叫板。楚国的大臣当场就嚷嚷着杀了这厮，楚王却不生气，他只是深深地看着重耳。这位楚王，死后谥号为成，亦一代雄主也。他当然知道，晋国将是楚国逐鹿中原的大敌，他也知道，现在只需一把刀就能修改历史；但是，他只是注视着眼前这个人，或许，他是看到了若干年后的战场：战鼓、旌旗、马蹄、奔腾的血……

由于骄傲和自尊，他无法杀掉一个在穷途末路中依然如此骄傲和自尊的人。他竟放过了重耳。

而重耳，他是否真的看到了未来？此时谁又能够断定，这个人是英雄还是痴狂？

在公元前六五一年，重耳肯定很像个傻子，他迟钝而固执，听任他灵巧的弟弟用一张空头支票换取了秦国的支持，那是血气方刚的秦国，有如电的马和如风的剑，夷吾遥遥领先，飞一般地回到了晋国。

比赛似乎结束了。

然后，夷吾要做的第一件事是，杀掉里克。

夷吾说：没有您，就没有我的今天。但是啊但是，您是个专杀老板的，杀了一个又一个，您想想，当您的老板该有多难？"为子君者，不亦难乎？"

里克不仅会杀老板，说出话来也是千载流传：

"欲加之罪，其无辞乎？臣闻命矣。"

正是，欲加之罪，何患无辞。里克遂伏剑而死。

——孔夫子最恨这种人，他老人家据说是编过《春秋》的，不知想过没有，如果真的没有里克这样的"坏人"，世界将会怎样？会更好吗？

# 失道寡助考

春秋五霸，秦穆公为一霸。

秦国由边卑小国崛起而为新兴霸权，有一个地缘战略优势，坐西朝东，三面无忧，而东向取天下。自周朝起，此地便是历代帝业之基，得关中者得天下，这个战略态势，管了近两千年，直到唐代。

得其势还须得其人，这位穆公，正是其人。雄才大略，虎视鹰扬，面向东方，一眼就看见了晋国。秦和晋，陕西和山西，表里山河，好也罢坏也罢，注定是至为重要的战略关系，这种关系反映到枕席间，便是娶了晋国的公主做太太，正所谓秦晋之好。

这位太太不一般，她是重耳和夷吾的异母姐姐，山西媳妇，基本功包括吃醋，也包括顾娘家，娘家的风声雨声，大姑奶奶声声入耳。

老丈人献公死了，晋国大乱，这对穆公来说，是家事国事天下事，岂能不管？这边厢哄住了哭天抹泪的太太，那边厢紧急会议，商量这事怎么管。

里克搞政变，杀了献公指定的继承人，而且一口气连杀两个，按里克的意思，他是要让重耳继位。但夷吾腿快，派人揣着地图跑来，从这儿到那儿，一大片地，只要回去就一刀割给秦国。礼是大礼，但穆公考虑的主要不是地盘。地盘很重要，但只盯着地盘，这叫计较一城一地之得失。地盘是什么？不过是坛坛罐罐，放下去海阔天空，背起来就是个包袱。这个道理，能想通的人不多，秦穆公是一个。

所以，贪几亩地是表面的，穆公考虑的主要是，重耳和夷吾，这两个小舅子哪个更合适，哪一个上台可以为秦国之崛起创造有利的外部环境。

找来熟知晋国国情的人一问，夷吾这人心眼小，只怕hold 不住。穆公闻听，当场拍板：hold 不住甚好，就是他了。

夷吾被一群兵马俑簇拥着登上王位，是为惠公。这位也知道自己以 hold 不住著称，一上来就拼命 hold。接连办了两件大事。

第一件，杀了政变专家里克，当然，不能只杀他一个，连枝带叶杀得满地狼藉。

第二件，坚决维护领土完整，原说要给秦国一片地做劳务费，现在不给了。

两件事都干得很爽很给力，坚强果断，网上一片欢呼，惠公对自己很满意。

就有漏网的里克党羽飞奔到秦：大王大王，发兵打丫的！

穆公看了看太太，不说话。

一转眼就过了两年，晋国大饥荒，就有一个是否提供粮食援助的问题。穆公问百里奚，给不给啊？

百里奚曰："天灾流行，国家代有，救灾恤邻，道也。行道，有福。"

这就是外交部发言人的发言，正气堂皇，天下人听进去了，穆公也听进去了。他说："其君是恶，其民何罪？"当领导的不是东西，老百姓有什么罪过？

于是，黄河之上，千帆蔽日，秦国对晋国实行大规模人道主义援助，时称"泛舟之役"。

惠公脸红了没有，史上无载。正所谓天有不测风云，转过年来，秦国大饥。春秋时代，生产力水平低下，地主家也没多少余粮，况且去年都给了晋国。现在，问题又摆在了晋国君臣面前，是否援助秦国？

惠公原打算给的，还了人情好睡觉。但是，这位小心眼老板的手下偏就有精打细算的会计师，按着计算器给他算了一笔账：咱上次赖人家的劳务费，已经把人得罪了，这次就算是给了，人家也不感激你。得罪人索性得罪到底，面子里子都别要。不给！

惠公连连点头，是这个理，不给！

旁边有个叫庆郑的，一听急了："背施无亲，幸灾不仁，贪爱不祥，怒邻不义。四德皆失，何以守国？"

这话我就不翻译了，惠公听不进去，我估计现在的很多人也听不进去。无论古今，大道理人皆爱说，但没人爱听。春秋之时，对善好的、正义的政治怀有理想的人还是不少，他们说大道理，也信大道理，比如百里奚和庆郑，比猴还精，绝非迂腐之辈，但他们穿过眼前的蝇头小利，看到了在政治生活、国际政治生活中践踏基本公义的长远后果。

人类生活太复杂，大道理常常不管用；人类生活太复杂，大道理会在意想不到的时候管用。"得道多助，失道寡助，历史规律不可抗拒，不可抗拒！"一个人或国永远把大道理踩在脚底下，终有一天会踩到雷或西瓜皮。比如在经过了这一串自以为得计的算计之后，有一个后果惠公没有想到，那就是失了他亲爱的姐姐之内助。种种迹象表明，穆公和太太伉俪情深，一般情况下，如果太太撒泼打滚护着娘家，秦断不会攻晋。但是现在，这不争气的弟弟把事都做下了，姐姐的面子丢光了，还能说什么呢？

第二年，度过了饥荒，兵精粮足，秦国的太太们打点行装，送丈夫出征。穆公夫人眼看着老公上了战车，去和她的弟弟生死对决。

惠公也许正需要这样一场战争，他需要战场上的胜利巩固他虚弱的王位。但非常遗憾的是，战争一起，就用上了那句话，叫作"不以人的意志为转移"。晋军连败，秦军节节逼近，惠公慌忙把庆郑找来：

"寇深矣，若之何？"

看官肯定没有忘记，正是当初不听庆郑的劝才有了当下之局面。若在后世，哪怕全世界的人都记着呢，庆郑也早忘了，他会对大王在这关键时刻的信任和信赖感激涕零，但那是春秋，那时的中国人还很不成熟，这位庆郑，他居然说：

"君实深之，可若何？"

你丫现在知道急了，早干什么去了？

——这是人话吗？这分明就是大嘴巴，或叫响亮的耳光。

惠公和两千年里的任何中国人一样，都被这大嘴巴打懵了，愣了一会儿，又愣了一会儿，大叫一声：

"放肆！"

但也正因为这是春秋，惠公没有说出下一句："推出去斩了！"想了想，也确实没别的办法，只有御驾亲征，和姐夫拼了！

决心已下，头一件事就是，国君的战车由谁当车夫？这不是小事，这几乎关系战争的成败，试想乱军之中，若是咣当一下车翻了，那仗也不用打了。驾驶国君战车，这是司机，是卫士，是副司令，甚至就是代司令，这个人必须在大将中选；为保险起见，还得请巫师参与考察和选拔。起了卦一看，如用庆郑，上上大吉！

此时若顺了天意，用了庆郑，想必庆郑的火也就消了，不会再闹意气，毕竟这是国之大战，这是委以重任、性命相托。但偏偏惠公的火还没消呢，死了张屠夫，不吃带毛猪，我还偏不用你！

庆郑看着战车套上战马，惠公上了战车。忍了忍，没忍住，还是说了：从古至今，两军交兵，都用国产马，现在，这进口的郑国马，漂亮倒是漂亮，做仪仗队可以，但冷不丁上战场，人不熟路也不熟，河南马未必听得懂山西话，"进退不可，周旋不能"，只怕大王您会后悔。

——都是好话，苦口婆心。可是惠公心眼儿小啊，到现在一口气还憋在心里闹腾呢，庆郑话没说完，宝马豪车已经扬长而去。

此一去，便是兵败如山倒，晋公为秦囚！

# 失 马 记

秦穆公失马。

马是千里马，疾如飘风，待穆公率大队人马赶到，千里马已成马肉，已下了汤锅也。

马肉我吃过，不难吃，但也谈不上好吃。天生万肉，有的肉是注定给人吃的，有的肉我以为不是，比如马肉。不过这件事也有不同看法，一老兄有一次雄赳赳曰：马肉天下最香，去年我吃了三匹！在下只有崇拜地看着他，看着看着，他的脸、牙和毛都越来越长越来越长，眼看着就要昂首嘶鸣——

现在，穆公看看汤锅里他的爱马，又看看围着汤锅的这群人。他的武士已包围此地，只要一声令下，这群杀了他的马的人马上就会变成一堆肉。看了一会儿，穆公长叹：

骏马之肉，不是这么个吃法。要有酒。不喝酒，马肉伤肠胃，会拉肚子滴。

说罢回头：拿酒来！

那一日，在岐山之阳，穆公与杀了他的千里马的野人部落喝得大醉。

一年后，秦与晋决战韩原。穆公身陷重围，晋将甲一把抓住了穆公战车的马笼头，晋将乙一口气照着穆公扎了十七八枪，虽说铠甲质量好，再扎两枪恐怕也就透了。恰在此时，只见乱军阵中涌出一群人，长发飘飘，半人半马，三百勇士拼死力战，护住穆公，他们不是为了保卫国君，他们要救他们的酒友、他们的兄弟！

战阵如海潮翻滚，那边厢，晋惠公的战车深陷泥泞。他的马是进口马，形象威武，比穆公的马漂亮得多，但形象这件事有时坑死人，仪仗马从来都是走在广场上，蹄子雪亮何曾踩过泥，且不是从小养大的，马与人心意不通，关键时刻，马也慌了，人也慌了，马和人还慌不到一块，把个惠公颠得七荤八素。情急之间，只见庆郑驾车而来，惠公大叫："庆郑救我！"

——看官想必记得该二人在此之前的冲突，你倒是不计前嫌，我还没消气呢！庆郑大吼：

"愎谏违卜，固败是求，又何逃焉？！"

你丫这都自找的，老子不伺候！说罢扬长而去。

本来已困住穆公的晋军遭到坚强抵抗，那边厢惠公又狂发 SOS，一团大乱之后，秦穆公无恙，而晋惠公成了俘虏。

这就是韩原之战的结果。胜负不是战场上决定的，胜负是由穆公在岐山之阳、惠公在殿堂之上决定的。

穆公和惠公，如此胸襟和如此心眼儿，都是古今常见，倒是庆郑的意气和脾气，两千多年难得一见。在战场上，面对统帅的呼救，这位将军，他忘了"顾全大局"，他不知道什么叫"忍辱负重"。此时此刻，他放下脑子和理智不用，只服从血和情绪，他不忍，他爽了再说，他要痛痛快快地发泄他对这个身为国君的蠢货的蔑视和愤恨，他才不管什么天塌地陷！

这样的人，该杀。他使晋国面临亡国之危。

几个月后，人对庆郑说："快跑吧快跑吧，大王就要回来了！"

庆郑得知，穆公终于决定把惠公放回晋国，此时，他的脑子冷静了，他说：

"陷君于败，败而不死"，现在若是逃避惩罚，我算个什么玩意儿呢？不走，等着！

惠公臊眉搭眼地回来，还没进城门，就传下令去：先杀了庆郑再说！

　　庆郑就这么死了。细读史书，我觉得，春秋时人对庆郑态度复杂，他们当然不赞成庆郑在国家危亡的关头耍大牌、闹脾气，但是，字里行间，他们对庆郑并无多少责难。我想，他们其实是佩服庆郑的，佩服他的这份脾气、血性。春秋之时，三晋大地，臣民挺立，威武不能屈，强权不能淫，就算你是君王，也不能把我视作草芥，所谓士可杀不可辱，常人不可辱我，君王也不可辱我。

　　比之后世，到明代，冠冕堂皇一群大臣动辄被拉到午门外，扒了裤子光天化日之下痛打屁股，然后还要谢主隆恩，那么你就知道，庆郑该杀，但庆郑有脊梁骨。

　　有这样的臣民，就可能有"民主"。

　　窃以为，春秋时，在所谓"国人"之中，在城里的上等人中，可能存在着某种程度和形式的"民主"。

　　比如晋惠公，目光短浅，心胸狭窄，搞得兵败国危，后来被穆公挥挥手放回去，自己也知道这张脸没处安顿，不能装着啥事没有，照旧称王。他面临严重的信任危机，必须设法重建统治的正当性——能这么想，也说明春秋时人与后世不同，比如明英宗，土木堡之变，当了俘虏，大明帝国差点破产清盘，被放回来没见他一头撞死，反而搞政变推翻了救国政府，照旧做皇帝，这就是所谓"无耻"。但如此无耻，满朝山呼万岁，那么，为什么不无耻呢？

　　而现在，惠公知耻，那怎么办呢？他先派人回去，召集"国人"，散金散银，然后宣布：大王说了，他回来也没脸见人了，让儿子继位吧。

　　这是主动认错，宣布退位。

　　国人哭成一片：大王啊大王啊——

　　国人坚决不同意，还得让惠公继续干。但干也不能一切照旧，国人大会上，当场宣布一系列新政，《春秋》所载是："作爰田""作州兵"。到底是啥意思，史学家至今也说不清，但肯定是对土地制度、收入分配制度和军事体制做出了重大改革。这样的改革当然不是临时起意，必定是国人期盼甚久，而朝廷迟迟不决，现在，比登天还难的事一咬牙一跺脚也就干了。

　　晋惠公，这个无能的君主，他有起码的荣誉感和责任心，他在失败中做出了决定晋国命运的决断。后来在他哥重耳手里，晋国几乎转瞬间成了霸主，并不仅是重耳本事大，基础早已奠定。

　　在危机时刻召集城邦国家的公民议决大事，这在春秋早期是一种普遍制度。《周礼·大司徒》云："若国有大故，则致万民于王门。"召集大会干什么？《小司寇》云："一曰询国危，二曰询国迁，三曰询立君。"可见，那时士以上的阶层拥有某种源于传统和伦理的公民权利。

这件事，起于何时，我不知，终于何时，我亦不知，大概自春秋晚期便不复闻矣。

话说当日，穆公擒了惠公，大张旗鼓，得意扬扬，先派人传令回去："全城上下，沐浴斋戒，本人要拿晋公祭上帝。"

这个上帝当然不是"God"，后来明代传教士来华，苦于找不到一个中文词翻译"God"，翻了一堆中国古书，最后找到一个词，正是"上帝"。这且不表，总之，现在穆公的打算是，把惠公和猪牛羊一起做了祭品。

很难说穆公是认真的还是开玩笑，反正命令是传过去了。第二天，传令的屁滚尿流跑回来：

不好了不好了！娘娘要自焚了！

上回书说到，穆公的太太是晋惠公的姐，该女士是坚决护娘家的，秦晋交战，她没拦着，因为那不争气的弟弟把事做得过了分，现在，眼看老弟就要变成一挂生肉了，这姑奶奶也真做得出来，命人在城门外用柴火搭起高台，她带着俩儿子一个闺女，披麻戴孝登上去，放下话来：

只要我兄弟入了城门，我就点火！"若晋君朝以入，则婢子夕以死！夕以入，则朝以死！"他杀我弟弟，我就杀他老婆孩子，让那狠心短命挨千刀的看着办！

　　My God！穆公一下子软了，他知道那母大虫女汉子是真干得出来，城门断不能进了，传令，把惠公暂且关在城外。

　　然后，自然是飞奔过去哄老婆，哄下了老婆，才开始研究论证拿这小舅子怎么办，从家务事到天下事，权衡了一个遍，最终决定，放他回去。

　　惠公启程返国那日，目送车驾远去，穆公转过头来，换一张脸：

　　老婆，我乖不？

　　正是，春秋兴亡多少事，尽在美人一笑中。

# 忠 与 奔

林冲夜奔，令多少英雄泪下。那一夜，白茫茫大地竟无我立足地，且拼将一腔血，杀他个干干净净！

奔字，现代汉语中通于跑，但细辨字义，奔有两脚，跑是一足，奔比跑快、比跑急，都有点飞腾了。奔马，那是忘情不要命之跑；跑马呢，山上跑马溜溜，比较闲。

奔和跑皆有逃意。逃跑和奔逃也有微妙的差别。林冲夜奔，是奔逃，不是逃跑，奔逃中有桀骜不驯之气，不是服了你怕了你，是猛虎负箭，不是作鸟兽散。

林冲奔向梁山泊、奔向江湖，而公子重耳，奔向他乡。

公元前六三七年，晋惠公夷吾的儿子继位，是为晋怀公。头一件事是颁布法令：凡跟着重耳流亡在外的，限期回来，逾期不归，"无赦"。最后这句"无赦"，显然不是对流亡者说的，人都反出去了，还管你赦不赦，但他们当初只顾了卷上金银细软，没带走父母兄弟、叔伯姑姨。这些人，原地没动就有了海外关系，现在跪在地上暗唱：回来吧——回来哟——爹娘就要没命啦——

限期到了，是否有人回来，史上无载。应该没人回，否则怀公不会这么生气：真以为我不敢杀人吗？传下令去，抓来老臣狐突：你儿子回来就放了你，不回的话——（哼哼，狞笑——）

这位刚上任的怀公，历史给了他机会，他抓住机会做一个有创意的反派人物。以堂堂国君而绑票勒赎下三烂，他想出的这一招后来代有传人，成了老套，鬼子汉奸纷纷跟他学。项羽不读书，不知怎么也学会了，要用刘邦的老爹熬粥。现在我们都知道，刘邦的回答创古今坑爹之最：分我一碗呗，咱哥俩一块儿趁热喝。

项羽被刘邦吓了一跳，想了想，又想了想，竟不好意思起来，黑脸上飞着红，将刘老汉从锅边儿搀回营帐，对着老汉呆半晌，仰天叹曰：你看看你养的儿子！你看看你养的儿子！

刘老汉呢？《史记》对他的想法和行动只字未提，不提不是因为刘老汉脑溢血昏过去了，而是司马迁一脑子唯心史观，坚信英雄创造历史，刘老汉这样的小小老百姓在司马史中的意义就是一个精子提供者，刘邦真正的爸不是老刘是老天。但刘老汉不可能没有想法，刘老汉眼睛雪亮，刘老汉此时必定知道，那个叫刘邦的人必定成事，而这个叫项羽的孩子，这样下去非抹脖子不可。因为，这个孩子啊，他竟然不好意思了，不仅自己不好意思，他还替对方不好意思，这样的孩子，你说他在严酷的生存竞争中怎么能领先，怎么能成功？

刘老汉那天不是没想过，好不容易出一回镜不能太被动，这场戏也可以悲壮也可以不滑稽，只要他不按本子演，只要他扑通跳进粥锅，别忘了高喊一声：孩子，替你爹报仇啊！只要如此如此，项羽就会成为彻底的反面人物，而他自己，将成为英雄成为主角，会被近景、慢镜和千秋万代久久注视。——不是谁都能碰上这样的机会的，刘老汉显然陷入了激烈的思想斗争，他看看这边，又看看那边。忽然，他在粥锅的缭绕热气中开了天目：这里有我什么事呢？群众演员瞎掺和什么？于是，老汉按本子，默默筛糠。

在刘邦兴致勃勃地要求和项羽共进早餐之后，刘老汉相信他做对了，他崇拜刘邦而心疼项羽，就像心疼一个不成器的孩子。项羽被老人和女人所心疼，他就注定做不成反面人物和成功人士。而晋怀公刚看了大片《鸿门宴》，历史的教训必须严重吸取，他叔叔公子重耳对他的王位构成了巨大威胁，怀公反反复复鼓励自己：没什么不好意思，绝不能不好意思。

很难想象如果狐毛和狐偃接到了微信、电话，看到了电视、微博会做何反应，正如人们帮着想了两千多年也没想出那天早上刘邦还能有什么体面的作为。此时狐突的这两个儿子正跟着重耳远在秦国，他们不必做出选择，而他们的父亲正对着镜头，这个华贵的、白发苍苍的老人，他必须说话，他无处藏匿，无法沉默。

然后，他就说了，然后他就被杀死了。

狐突的话被铭记在史书上，抄录如下：

"子之能仕，父教之忠，古之制也。策名委质，贰乃辟也。今臣之子，名在重耳，有年数矣。若又召之，教之贰也。父教子贰，何以事君？刑之不滥，君之明也，臣之愿也。淫刑以逞，谁则无罪？臣闻命矣。"

一个人把他的名字书于简册，连同玉与帛置于主人庭前，此为策名、委质，这是庄严的承诺，从此忠心不贰。

狐突对此是绝对认真的。他听到了下面的高论和冷笑，他知道聪明的人们已经把"忠"视为"愚"，但是，他仍然这么说了。他的话不可译，翻译成平庸的白话文便失了他的本心。

但是今晚，在大海边，深夜里，我忽然想到，也许，狐突说的是，当我对这世上任何人任何事皆无执着之忠时，我又是谁？我又在哪里？

街上无人，满街孤魂野鬼。

春秋小国林立，大国其实也没大到哪儿去，但活在春秋，却是天大地大，因为春秋时人可以出奔、奔逃。

秦以后，一统天下，遍修驰道，但路上跑的是官车，林冲们无路可逃。溥天之下，莫非王土，率土之滨，莫非王臣，这话是周朝人说的，其实是作诗和吹牛，真正落实还要等到始皇。周天子名为天下共主，他的权力远 hold 不住苍茫大地，春秋人一咬牙一跺脚，纵瘦马飙轻车，一夜之间就越了境，从此你管我不着。

——春秋五霸，两位就曾是出奔者，一位齐桓公，一位便是重耳。怀公杀了狐突，从此睡不着觉。一年后，重耳回国即位，是为晋文公，而杀人者被人杀。

## 杀手与瓦匠

寺人披。史书上是这么称呼他的。

寺人，阉人也。被阉割，一刀割去了对祖先、家族、后世和自身的责任，他与世界的关系被限定为他与他的主人。

这个叫披的人，其实也不叫披，他的本名叫勃缇，"勃缇勃缇勃缇"，叫顺了就叫成了"披"。

一个被强行简化的人，从他的身体到他的名字。

寺人披是史上最早的武功高强的阉人。如果他把他的心得写成书，或许他会把这本书命名为《葵花宝典》。


现在，谈谈艾希曼。你知道，那是一个纳粹军官，负责组织运输，把几十万犹太人送进了集中营。但是，他本人并不是一个残暴的人，他喜欢犹太人的音乐和文学，他本可以收了钱，然后放过一些犹太人，但这会使他"良心不安"——艾希曼先生是个有原则的绅士，他拒绝受贿。他严格高效地执行他接到的命令，即使明知他的列车开往毒气室。

后来，他被以色列人抓了去，在耶路撒冷接受审判。在旁听席上，汉娜·阿伦特注视着他，女哲学家给了他一个判断：平庸的恶。

也就是说，这个人身上没有邪恶所具有的那种光芒。尽管我们确信那是恶，但我们也常常被那种光芒所吸引，那些邪恶的人，他们越出了似乎如此牢固的界限，我们相信他们一定具有超凡的意志或疯狂。在安全线之外我们张望着恶人，我们希望他们正如我们之想象，深邃黑暗、不可理解。

但是现在，这个人坐在受审席上，平庸得像一截香肠。他只是乏味地说，我是在执行命令，完成一件工作。你知道，我必须把工作做好。

不可能找到比艾希曼更好的雇员或下属了。你给他一件毛衣，说拆掉，他就会一丝不苟地拆掉，你又说，织起来，他就会完美地织好。他不会问，也不会想"为什么"。

这个人，我是说这个叫披的人，此时就站在重耳的门外，他说：

我只是尽我的全力执行命令，"君命无二，古之制也，除君之恶，唯力是视”，我不会思考为什么杀人，古往今来，如果每一个人都要思考和选择，那么军队和监狱都将无法运转。所有的君王，不管是你的父亲、你的弟弟、你的侄子，还是你，都离不开我这样的人。

这是公元前六三六年，公子重耳在秦国支持下回到晋国，夺取王位，他立即杀掉了合法君主，他的侄子怀公，然后，他就每天坐在宫中，细细盘点恩仇。

流亡十九年，有恩的恩重如山，有仇的仇深似海。现在，结账的时候到了。

而披站到了门外。他向新主人报到，而且有情况要汇报——从重耳的父亲献公时代起，披的职能就相当于后世的东厂，他负责“干脏活”，替君主杀人，当然，他也负责搜集情报。

披来了？重耳一听就蹦了起来：

他还敢来？好啊，你们去问问这厮，十九年前，我爹派你来蒲城杀我，限你一天一夜赶到，你呢，倒是腿快，没掌灯你就提着刀到了。我跳墙逃命，俩手还扒着墙头呢，你丫一刀就砍过来，差点没把手给我剁了！

还有，我跑出去跟着狄人在渭河边种地，我弟又派你来杀我，给你四天时间，结果呢，你丫第三天就到了，你当你是高铁呢这么提速，你急什么急？你丫还有脸见我，滚！

然后，披就做了上边那一番自辩。最后他冷冷地说：

我还以为你这回回来，长了见识，知道该怎么做主子了，却原来你还糊涂着呢。我滚，可以，只怕照这样该滚的人就多了去了，剩下你一个等着倒大霉吧。

现在说另外一件事，和艾希曼有关的。在纳粹集中营里，有一位来自意大利的犹太瓦匠。像欧洲很多匠人一样，一门手艺代代相传，不管是砌墙还是做鞋，他们把这视为上帝赏下的饭碗，虔诚珍重地捧着。但现在，该瓦匠被关进了集中营，强迫劳动，继续干老本行，砌墙。可以想见，那墙是牢房的墙、毒气室的墙。

那么然后呢？

我猜想，他会抓住一切机会怠工，尽一切可能，他会把墙砌成豆腐渣。

这时恰好有一位作家在场，他名叫普里莫·莱维，莱维回忆道："那位连续六个月偷偷给我送食物、救我性命的意大利瓦匠痛恨德国人，痛恨他们的食物、他们的语言和他们的战争。但当他们安排他去砌墙时，他把墙砌得又直又坚固。而这并非出于服从而是出于专业尊严。"

说说我的意见。披和艾希曼，无情地追杀无辜者，或者漠然地像运送物资一样把千百万无辜者送往死地。他们都是有罪的。

但是，我不敢肯定，在正常境遇下，他们一定就是恶人。披如果穿越到不知哪国，成为法治社会的一个警察，他也许像《悲惨世界》里的沙威警长那样不近人情，但是他肯定铁面无私。而艾希曼，如果让他管理铁路或民航，我相信，肯定会安全、正点。

也就是说，他们还是他们，他们可能是值得尊敬的人。

那么，在什么地方出了问题呢？

汉娜·阿伦特对此反复阐述，她认为披或艾希曼的问题是"不能思考"，在阿伦特以及她所理解的康德看来，每个人在开始行动时都是他自己的立法者。通过使用实践理性，人们发现能够也应该成为法则的准则。

听上去很有道理。但是，以赛亚·伯林嗤之以鼻，他说："我无法接受阿伦特的邪恶之庸常性的观点……那些钦佩她的人，不过是会摆弄字母的文人，他们不用脑子思考。"

阿伦特说披和艾希曼不思考，伯林说阿伦特及其粉丝不思考。

但是，那天晚上，晋文公重耳认真思考了。他走出大门，注视着披。现在他不会让披滚，他想明白了，他需要披。

　　果然，披告诉他，有人谋反。披准备以同样的热情执行他的命令。


　　关于那个意大利瓦匠，"摆弄字母的文人"写道，他的敬业是出于专业尊严而不是服从。

　　好吧。我想起了另一个问题：假设某个中国建筑商，具有做豆腐渣的非凡天赋，他正发着大财呢，却很不幸地穿越到了集中营，这时他会怎么做？他也许终于理解了什么叫"服从"，从头学习怎样砌出又直又坚固的墙；但也许，他会继续建造他的豆腐渣工程，而且还顺便获得了某种伦理的正当性。那么，"摆弄字母"的人对此又会怎么说呢？

## 吐痰事件

随地吐痰是不文明的——也不知道是中国人普遍痰少了还是长期持续的教育和罚款见了效，反正现在随地吐痰的还真是不多。

在古时，人们倒是不吸烟，而且空气极新鲜，但屋里架着火盆天天烧，即使我们山西，那时也还不知道地下有煤，也是烧柴烧炭，烟熏火燎，痰多是必然的。

有痰，古时是否可以随便吐？我不知。估计是可以的。孔夫子讲着讲着，啪一口痰射出去，怡然自得，接着讲。我小学的老师就是这个做派，大家认为很正常。痰盂和帕子，恐怕是后世很晚的发明，而且大概是上等人的排场，李鸿章见洋人，左一口右一口浓痰，旁边有人捧盒子接着，有人上帕子擦着，尽显天朝中堂的气派。

但是当着领导或国王的面可不可以吐？有据可查，不可以。不可吐痰，也不可擤鼻涕。不让吐有了怎么办？只有咽回去。

现在要讲的，是不肯咽回去的事件。该事件，后果很严重。

公元前六二八年冬，晋文公薨。文公为春秋五霸之一，流亡十九年，在位九年，叱咤风云称霸四年，现在死了。

这无疑是全体晋国人民极其严重的损失。吊唁那日，举国同悲，全城戴孝，只见白茫茫一片如压地银山。

忽然，传出一阵隐隐的低吼。据说是牛叫，也有人说不是牛叫是虎啸，渐渐地声音越来越大……

所有的人吓傻了——信不信由你，这声音竟发自文公的棺中。

诈尸的可能性被迅速排除，但棺材里还在吼叫和轰鸣，似乎里边装了两支正在厮杀的大军。这一定是文公的魂灵在发出某种信息，但啥信息呢？众臣民眼巴巴看着大仙儿，大仙儿名偃，仰天掐指一算，睁开眼说：

跪下跪下，都听着，先王有话说。

群臣呼啦啦跪下，听了半天还是牛吼虎啸，所以还需要大仙儿翻译。大仙道：

要打仗了！有大军从西边来，要从咱们地界上过，"击之，必大捷焉"！

大仙话说完，牛不吼了虎不啸了，棺材也不闹腾了，众人一边哭一边寻思：有大军从西边来——除了秦国，西边不可能再来什么大军了。但秦晋之好啊，秦是晋的姐夫啊，走亲戚也用不着大军，犯不着"击之"啊……

文公有灵，大仙儿更灵。转过年一开春，晋国震惊地得知，秦国竟然派了一支大军去攻打郑国！

看看地图你就知道，这是春秋史上战略愚蠢的范例，而且这惊世骇俗的蠢事还是春秋最明智的君王之一秦穆公干下的。老臣蹇叔苦苦相劝：使不得呀使不得，现在是公元前七世纪，不是公元二十一世纪，您以为您是世界霸主啊，可以隔山打牛，越洋作战？秦国和郑国，中间还隔着一个晋国，大军从人家地盘上过，晋国只要半路上杀一刀，必定是有去无还！

这道理傻瓜都看得出来，但绝顶聪明的穆公不知吃错了什么药，根本听不进去，而且骂出了一部《左传》中最刻毒的话：

"尔何知！中寿，尔墓之木拱矣。"

翻译一下：懂个屁你个老帮菜！坟头上的树都长得合抱粗了，你丫怎么还不死啊？

　　蹇叔之子就在军中，那日出征，白发人送黑发人，老泪横流："此一去，晋军必在殽山伏击，儿啊，为父给你收尸！"

　　在晋国，文公之子继位，是为襄公。御前会议上，就是否动手发生激烈争论。有人认为，秦晋是亲密邻邦是盟友，当初文公上位还多亏了穆公帮忙，现在拦腰捅一刀，未免不厚道。

　　最后是大将先轸一锤定音：啥叫厚道？他秦国的军队招呼都不打一个就大摇大摆地过去，把晋国当他家菜园子了吗？秦与晋，一山二虎，迟早一战，送上门来不打，对不起子孙后代！

　　便打！两千六百年前，鄙山西人最不怕的就是打仗，果然就在殽山，伏兵大起，把秦军杀得片甲无还。孟明视等三员主帅全做了俘虏。

　　且说当年，文公为了拉关系，娶了秦国媳妇，如今成了太后。太后是晋国太后，但心向着娘家，把襄公找来谈话：秦和晋，好好的亲戚闹成这样，全是孟明视几个掇弄的。如今秦国那边也把这几个货恨得什么似的，恨不得扒皮吃肉，咱们留着也没用，不如送回秦国去，让人家慢慢吃，你看怎么样？

年轻干部没经验啊。襄公居然答应了。

传令放了人，襄公上朝，正好先轸来了，一听这事儿就蹦了起来：

老子拼死拼活把人抓回来，骚娘们儿几句话就把人放了！照这么干，晋国要完蛋！

气往上撞，痰也上来了，要在往常，先轸也就咽了，此刻，管他娘，啪的一口就吐到了襄公面前，正所谓掷地有声！

这是严重事件，是大不敬，本该撤职查办甚至拉出去斩。但是襄公刚刚走上领导岗位，自尊心还没那么强，而且听这么一说，也觉得不对，顾不上追究吐痰事件，赶紧派人去追秦将。

哪追得上啊。三个败将早一溜烟过了黄河。

秦国还真有不少人等着这三位回去开刀。殽山之战是秦国有史以来最惨重的失败，这个责任必须有人来负。都知道该负责的是谁，但谁敢让他负责呢？于是朝中群情激愤：必杀孟明视以谢国人！

穆公这时终于恢复了他的明智：孤之过也！大夫何罪？

孟明视等仍旧当将军，后来果然率军攻晋，大胜雪耻。

又一日，晋与狄人交战。先轸，这位刚烈的将军，他在两军阵前慨然长叹：

一个军阀匹夫，公然在君王面前放肆，无论古今中外，都是不可恕的大罪！人家不追究，难道自己就当没事了吗？

说罢卸去甲胄，挺枪纵马冲入敌阵，武士死在了疆场之上。

狄人把先轸的头颅恭恭敬敬送回晋营，只见其面如生！

# 娘娘上访

每天，从早到晚，女人抱着襁褓中的孩子，在朝堂上大哭。

她哭得哀婉悲愤，哭得理直气壮，她没完没了地问：我的丈夫犯了什么罪？我这孩子犯了什么罪？你们现在要另立新君，你们要把这孩子怎么办？

没法办公了。赵盾躲在家里不上朝，其他朝臣每天的工作就是站在这儿默默地看着这孤儿寡母的哭。

躲是躲不过去的。现在女人来到赵盾门前，跪下，头磕出血来，她对着紧闭的大门问：

先王把这孩子托付给您，他是怎么说的？他说：爱卿啊，这孩子日后成了器，我谢谢你的大恩大德，若是不成器，九泉之下我只怨你！如今，先王的尸身还没凉呢，您把这孩子抛下不管了，请问，这是为什么？

没人回答。当然，每句话赵盾都听到了。赵盾沉默地坐着，他知道，他正面临政治生涯中第一个生死存亡的危机。

公元前六二一年，晋襄公薨。作为伟大文公的继承者，襄公是称职的，追随他父亲的是一群中国史上罕见的巨人，那时的晋国豪杰辈出，他们辅佐襄公维持和扩展了晋国的霸权。现在，襄公死了，他年幼的儿子还在吃奶。执掌大权的正卿赵盾做出了一个惊人的决定：儿童不应登上晋国的王位，晋国要另立一个年长成熟的君主。

赵盾疯了。从春秋直到晚清，小屁孩儿登基是那些最具野心和能力的男女攫取王朝最高权力的唯一合法机会。除了赵盾，我不记得有谁主动放弃过这个机会，他们甚至会像那拉氏那样不断创造机会，把王宫变成永久的幼儿园。

但现在，赵盾居然说：这孩子还小不懂事，应该找个懂事的。

后来，有人问他的政敌贾季：赵衰和他儿子赵盾孰贤？放在后世，贾季必定说：啊呸！爷儿俩都是王八蛋！但那是春秋，贾季不会因失败而如此不自尊，不会认为自己是被王八蛋整垮了，他郑重言道："赵衰，冬日之日也；赵盾，夏日之日也。"

冬日暖阳，可爱；而夏天的大太阳，不可正视，可畏。赵衰当年追随文公，立下汗马功劳；而赵盾，他是一枚华贵的钻石，是贵族政治最完美的结晶，不曾经历残酷肮脏的底层政治竞争，无苟且之心，目光远大、锋芒毕露。他深知他接手的是一个强敌环伺的国家：狄人、秦国、楚国。他当然不会像二十一世纪的微博战略家们一样，认为四面树敌、四面开战是达到牛逼的最佳办法。他认为当务之急是追求国家的强大完善，为此他已经对这个国家的政治、经济、法律、军事等一系列制度做出了果敢变革，而在他看来，他决心为之效命的这个国家应该有、必须有一个强有力的君王。

　　事情就这么简单，剩下的就是到哪儿去找这么一个王。赵盾当然想好了，他看中了公子雍，襄公的异母弟弟之一。雍的母亲是秦国人，他本人此时也正生活在秦国，在赵盾看来，除了资格和品行之外，选择雍还有一个重要的好处：可以借此缓和与秦国的紧张关系。

　　但是，贾季不同意。作为地位仅次于赵盾的重臣，贾季另有人选。他看中了哪位这里也不必细说，反正在这个游戏中，另外提名差不多就是不想活了。贾季和赵盾争论了一番，当然无效，会一散家也不回，直接出城，投奔狄人去了。

　　事不宜迟，赵盾马上派先蔑、士会出使秦国：请雍回来做王，秦和晋要世世代代好呀么好！这时穆公已死，康公继位，一听有这等好事，忙说：二位先请回，我这边预备预备马上送过去！

到此一切顺利。但是，绝顶聪明的赵盾偏就没有想到一件事：刚刚死去的襄公的太太。或许他想到了，但是这位高高在上的贵介子弟，他想不出这个女人能翻出多大的浪来。这个女人，她也确实不懂政治、无权无势，她是完全可以被忽略的弱者，但是，强者讲的是大势和战略，而弱者拥有天理人情。这位王后，现在她不是尊贵的娘娘，她是失去丈夫的妻子，是怀抱婴儿的母亲，她就是个上访人员，把尊严放在地上，跪在这里，求大老爷们给个说法、给个公道！

赵盾终于明白自己惹下了一个大麻烦。他的宏图伟略、他的高远理想在这哭泣的女人面前显得如此苍白，那些支持他服从他的人，表情开始羞愧开始犹豫不定，他看着他们，忽然隐隐听到了人民的怒吼，他正在成为在网络上微博里千夫所指的罪人，一个背信负恩、欺负孤儿寡母的小人！

两千多年前的那个夜晚，赵盾很孤独，他不明白自己怎么就成了小人，当他决定另立新君时，他甚至都没想过一己的得失，一切都是为了晋国。但是现在，这个年纪轻轻就登上权力巅峰的人，忽然发现，政治竟是如此难搞，小事就是大事，大事原是小事，好事就是坏事，坏事也是好事，而他自己，一心做个好人，不知怎么就要变成人人得而诛之的坏人……

早晨起来，赵盾召集群臣，宣布：雍别回来了，今儿我就把那孩子抱到王位上去。

而这时的雍都过了黄河了。怎么办？难道去跟人家说我们改主意了，退货。可是送货上门的不是快递公司而是秦国的大军，岂是说一句对不起就能打发？

只有打。喊一声打容易，难的是敢战而能胜。好在晋军是百战之师，好在赵盾是天生的统帅，一战就打跑了秦军。于是，小屁孩即位，是为晋灵公。

多少年后，灵公长大了，成为一个"名垂青史"的昏暴之君，那时，不知赵盾做何感想？

## 两件小破事

公元前六二一年，晋襄公薨，赵盾执政。热腾腾上得台来，头一件事就办砸了。他把襄公年幼的儿子撇在一边，偏要去秦国把孩子他叔请回来当王，结果孩子他娘上访、舆论大哗。此事动机甚好，好得像圣人。但政治上，好动机不一定有好结果，赵盾不是知识分子，他不得不平庸而乡愿地掂量政治可行性，当然，如果豁出去，晋国长满草或者遍地坟，天下没什么事不可行，不过赵盾显然不打算这么实现他的理想。

所以，掂量完了只好妥协。娘娘当上了太后，尿炕的娃娃当上了国王，孤儿寡母得到了公正，顺天理而合人情，晋国人民很满意。当然十几年后这被证明是愚蠢的选择，但此时谁知道呢？上天自有安排，人只能做眼前看来合情合理的事。

以上是大事。现在，说说大事中的两件小破事。

小破事一，赵盾和贾季翻了脸。两位都是重臣，赵是老大，贾是老二。评委会开会，老大老二都认为那孩子不行，直接 pass，但接下来，老大选定了孩子他二叔，老二则看中了孩子他三叔。两个人攥着拳头眼对眼，对峙若干时辰，老二咳嗽一声：那什么，我上个厕所……

然后，贾季就上马狂奔，逃命去了。

总之，赵盾全胜。贾季若不是跑得快，一定没命。但现在他跑了，投奔狄人去了，天苍苍野茫茫，风吹草低见牛羊，放羊的人儿就是贾季。赵盾想了想，唤来亲信臾骈，吩咐：贾季的老婆孩子，你差人给他送去。

这就是风度，贾季不跑，肯定活不成，但既然跑了，犯不着拿他老婆孩子出气，他老婆孩子又没惹我，我赵盾没那么下作。但问题是，赵盾不知道——我认为他不知道，我也不愿意下作地想象赵盾——臾骈和贾季是有过节的，现在，仇人的老婆孩子落在自己手里，臾骈会怎么干？

臾骈的手下都知道该怎么干，围着臾骈摇旗呐喊：报仇出气的时候到了，统统杀光！

可不可以？很可以。贾季是出逃的国贼，剩下的是手无寸铁的女人孩子，好汉们此时不出手更待何时？这时候杀人也不是杀人，抢劫也不是抢劫，这叫政治正确、替天行道。

但臾骈的回答是："不可。"他说："吾闻《前志》有之曰，'敌惠敌怨，不在后嗣'，忠之道也。"看看他手下那帮人翻瞪着眼没听懂，就有后世的注释家叹口气出来帮着解释：敌，就是相等对称的意思，也就是说，你要是给了人家恩惠好处，你不该要求人家的子孙报答你，你要是和人家有仇，也别打人家的孩子，否则就叫"迁怒"，就是下作。臾骈接着说："介人之宠，非勇也。损怨益仇，非知也。以私害公，非忠也。"——算了我也不解释了，总之，该先生的意思是，我和贾季有过节，我自会和他了断，拿他的家人煞火算什么本事？

当然，关于什么是勇什么是知什么是忠，我们和臾骈有严重分歧，臾骈认为不算本事的我们认为是好汉。但这等好汉臾骈不想做，他亲自护送，把仇人的老婆孩子家当细软一并礼送出境。

现在说小破事二。

如前所述，赵盾选定了在秦国的孩子他叔，派了先蔑、士会去请。两个人都觉得这是美差，占尽春风第一枝，比任何人都更早地接近了新任领导。兴头头地去了，事办得很妥当，谁知道回来时形势大变，王已经有了，秦国那位不仅不是王还是王八蛋，必须打回去！于是秦晋交兵，晋国大胜。先蔑和士会本来是站在正确立场上的，出了趟门回家发现队形已经变了，不知怎么就已经站到错误立场上去了，"被"站错队了，这家再待下去只怕小命不保，于是，不约而同，一走了之，都跑到秦国去了。

上次来是贵客，这次来则是丧家之犬。在秦国的日子想必很是落寞，一晃三年过去，士会竟没有见过先蔑一次，听说先蔑进了前门，赶紧从后墙跳出去，都快练成奥运冠军了。

此事比较奇怪，同是天涯沦落人，相逢何必曾相识，现在，曾相识倒不肯相逢相混，手下的人很不理解：大家都是一根绳上的蚂蚱，怎么就不能见见面打打麻将，黄土高原多悲风，就不能抱着取个暖乎？

士会答道：我和他走到了一条道上不假，但这不说明我非得跟他做朋友，非得朋友圈里互相捧，老子本来就看不起他，"非义之也"，我为什么要见他？

说句公道话，这件事是士会的不对。既然站到了一起，都是秦国派，都是孩子他二叔派，有了共同的立场，落进了同一个酱缸，不是朋友也是朋友，多喝几次酒不就是朋友了吗？谈什么"义"呢？难道不知道哥们儿朋友就是最大的"义"吗？

但士会固执，在秦六年，二人终不相见。

两件小破事，说完了也就完了。总而言之，春秋时人和今人有所不同。经济不发达，文化不先进，表现之一是，他们认为米是米、水是水、锅是锅、火是火，各论各的，不是一码事。现在呢，我们认为米就是水，水就是米，下到锅里就是一锅粥，天下所有的事就是一件事。

　　——这使得世界比春秋时简单得多。至于简单得多的世界是不是比春秋更好了些，这却没法说了。

　　孔子生当春秋，他认为春秋不好，老想回到春秋前；吾不如夫子，能回到春秋就已经庆幸，而且但愿能一落地就碰见臾骈、士会，哪怕是做他们的敌人。

## 不良少年夷皋

他还不知道自己已登上王位，也不知道自己将被杀死。众人向他跪拜和祝福，而他，小脸儿纯洁，在娘的怀里安睡。现在，十四年过去了，他已是十五岁的少年。

远在万里之外，英夷小岛上，国王的孙媳怀了龙种，捷报传来，举国大喜，泪奔泪流。全国人民都觉得日子有了盼头：这个男孩或女孩将在未来的某一天成为他们的王。

生为共和国之民，此事对我们来说大概相当于某明星怀上了或者生了，很好，但干卿底事？而对仍处在黑暗君主制之下的野蛮英夷来说，情况有所不同，这孩子也是全民的孩子，他们将看着他长大，他们将老去和死去，而这孩子将成为他们和他们孩子的王，子子孙孙无穷尽也。这是对岁月和人世的绵长笃信，这个孩子让他们相信，未来将是今天的延续，不会断裂，不会天翻地覆，然后，大家踏踏实实而老老实实地过自己的日子。

所以，去伦敦，看见满城旧房子，便知君主制下，人活在现在，也活在过去，而未来就是现在和过去。在君主国搞拆迁比在共和国难。我如果是拆迁办的，我就很想输出革命，但在下是搞文学的，搞文学的有拆迁办，也有钉子户，比如王国维，就是钉子户，最后以死明志，一头栽进昆明湖。王国维不肯拆的到底是什么呢？有人说是因为皇上被赶出了紫禁城，王先生想了想，完了，拆光了，时间停止了，活着还有什么意思，遂不活。这种说法遭到普遍反对，王先生怎么会这么反动？他老人家不过是得了忧郁症，二十年来，唯余一死，他就是想死，拦也拦不住。

山高水长。观堂先生之死就是因为没了皇帝，你们不信，反正我信。没了皇帝似乎不是大事，当年丘八大爷冯玉祥把溥仪赶出紫禁城，全民欢呼，总算为民国清了一堆垃圾。但王先生知道，世上没了皇帝，也就没了儒生和圣人，没了格律诗，没了文言文，没了忠孝节义仁义礼智信。都没了，新天新地，不是很好吗？但王先生认为你们的新天新地便是我的白茫茫，趁着昆明湖水尚清，不如归去。

那边厢，则是君主制的狂欢，酒正酣、夜正长。《参考消息》上，帕姆·萨特兰先生很兴奋，该夷在思考这个尚未出生的孩子会起什么名字，他认为应该叫亚瑟或者维多利亚，相当于嬴政或者武则天，他满怀信心地展望："从今以后的一千年里，这将是众人仰望的一个名字。"

好吧，现在说说二千六百年前的那个孩子，他的名字叫夷皋。夷皋十五岁，若是七岁入学，现在该上初三，正被社会痛加拧巴，废寝忘食，也不知是否考得上重点高中，而夷皋，他的职业是国王，他有无穷无尽的闲暇和精力，把自己打造成一个不良少年。

夷皋出事后，史官们开会给他凑材料，按中国习惯，罪状凑不出十条八款，罪人就不成其为罪人。但夷皋活得不够长，犯罪之前没来得及干下很多坏事，上天入地，只搜得如下两条，老先生们很是不爽。

第一条，重敛以雕墙。这一条比较奇怪。雕者，画也。孔夫子骂学生"朽木不可雕"，不是说老夫子要搞雕塑，而是要画画找不到好木板。夷皋或许是个美术爱好者，那时没有纸，画在绢上恐怕更费钱，所以他就在墙上画。作为山西人，看到此处就想起了永乐宫壁画，我的老乡夷皋本该生在元朝。但问题是，夷皋就算天天画画费颜料又能花多少钱呢？所以，还有另一种可能，他只是一个装修狂，他要把他的宫殿都画上壁画。这肯定比较费钱，起码要养一群画师，米开朗琪罗、达·芬奇之类。但是，夷皋好歹也是个国王，国王就算想把家里画成个花瓜，应该也不至于对国家财政造成严重影响。在下刚去参观了湖北博物馆，被曾侯乙墓的排场吓得傻掉。曾国不过是蕞尔小国，搁现在也就一个县大小，在春秋都排不上号，而晋国，超级大国也，难道因为国王画墙就要大幅提高所得税营业税增值税？况且，掌权的是正卿赵盾，就算是增税，这也只能是赵盾的决定，不会是少年夷皋的主意。

当然，如果这孩子在墙上画春宫，那就是另一回事了。但是，我估计，如果夷皋有任何性躁动的迹象，史官们早就把他挂到网上示众了。可惜没有。夷皋这时感兴趣的是另一件事。

——打弹弓。此为少年夷皋的第二条罪。

关于这件事，在下有些心得。首先要做弹弓，找叉形的树枝，或者直接用粗铁丝弯一个弹弓架，然后呢，就是四处找皮筋——多年以后，有个段子广为流传，某男把美女按在床上，气喘吁吁，最后，是要抽下美女内裤上的皮筋做弹弓。我完全能够理解那种找不到皮筋的煎熬焦虑，但我不得不说，美女内裤上的那叫松紧带儿，并不适合做弹弓，同理，女孩子扎辫子的皮筋也不行，弹力不强，严重影响射程，还容易断。最好是医务室的皮管子，输液用的，拿在手里有一种圆滚滚的质感，那才有足够的弹性、韧性、爆发力。有了如此一把好弹弓干什么用？射鸟？鸟会飞，而且打下来四顾无人，很是无趣。射玻璃？哈，现在就谈谈这个。寂静的午后，一个孩子逛来逛去，他不明白这个世界为什么这么无聊，然后，他瞄上一家的玻璃窗，拉开弹弓，泥丸如电，随着一声脆响，那家的玻璃碎了一地。躲在暗处等着，只见窗户呼啦推开，那家的小姐姐出现在窗口，鲜花怒放，又脆又亮：哪个小王八蛋臭不要脸的，有本事出来！

爽啊。偏不出来。

读《春秋》到此处，发现古今不变，至少到我这一代还没变，不良少年玩的都是弹弓。我是打玻璃，而夷皋干什么呢？夷皋站在楼上，打人。打中了，拍掌笑；打不中，看行人抱头鼠窜，也笑。这件事，当年我弹弓在手、四顾茫然之时不是没有想过，很想，但是，终究不敢。我少时也算无法无天，不知人间还有派出所，爹在干校娘上班，也不怕人找家长。但我小的时候有流氓啊，郭德纲在相声里喊，流氓呢流氓在哪儿？什么世道，流氓都找不到！一老哥是开车的，一日也忽发感慨，现如今只有无赖没了流氓。言下颇有秋风萧瑟之意。我小时院子里有流氓，不务正业，游手好闲，谁家要不孝敬老人，被他闻知，上门就是几个大嘴巴。也曾带着我们一帮小杂碎打群架，为了什么，当时我就不知，现在更不能瞎编。总之，手持弹弓，打爷们儿我不敢，打妇孺，流氓大哥知道必要赏下几个栗凿。那位说了，那你怎么就敢招惹邻家小姐姐，不怕她去找大哥吗？不怕。因为小姐姐每见到流氓，照例是头一扬，辫子一甩，冷冷撂下一句："臭流氓！"多年后，得知姐姐后来竟嫁了流氓，想了想，一笑，笑的是儿时眼皮子浅，装不下人间风致。

话说回夷皋，打了人，也有人管，就有人哭哭啼啼找到赵盾门上："夷皋打人了，你管不管？"

赵盾冲到院子里转了三圈，回到屋里又转了三圈，最后坐下，决定不管。不管倒不是认为夷皋做得对，而是因为，他和夷皋的关系比较难办，他算是夷皋的监护人，近乎干爹继父，文雅的说法叫亚父，比亲爹只差一小点，但这一小点可差得远了，夷皋是君，他是臣，他不过是从夷皋那里暂借权力，有借有还，再借不可能。三千年来，这种关系就不曾有过好结果，赵盾们照例面临的危机就是夷皋们的青春期，孩子大了，正憋着弑父呢，亲爹早死了，不弑你弑谁？考虑到以上情况，而且打弹弓又不是杀人，不管也罢。

然后，夷皋就真的杀了人。

# 熊　掌

在说夷皋杀人事件之前，先说说另外一件事。公元前六二六年，楚国政变，楚成王被亲儿子推翻。此时，是夷皋他爹登基的第二年，世上尚无夷皋。这位成王当年和晋文公在酒场和战场都打过交道，文公都要"退避三舍"，按说是个聪明人。但是，人之犯糊涂是客观规律，必定犯，没犯糊涂只不过说明你活得还不够长。当初成王想立儿子商臣为太子，征求令尹子上的意见，子上反对：您还没那么老，没到安排后事的时候，而且身体这么好，宫里妖精一堆，心一软一偏您就可能把这个废了，另立一个妈妈漂亮的，如此一折腾，必定会乱。况且，您这位公子，一看就是狠角色，"蜂目而豺声"，忍人也……

话不好听，却是深谙人性的经验之谈，成王没生气，但也没听进去，他不信自己会那么俗，会真的落了窠臼，于是执意立了商臣。可是过了没几年，就有小妖精莺声燕语：让咱的孩子当太子呗……

楚成王听了怎么想，没人知道。但莺声燕语顺着风传到商臣耳朵里就是晴天霹雳，连忙去找老师潘崇嘀咕。怎么才能知道老爹的心思呢？潘崇老辣，一想就想到了成王的妹妹，商臣的姑妈，这位姑奶奶和哥哥最是贴心，你呀，如此如此惹翻了她，必能听到真话。

怎么惹翻的也不必细表，反正姑奶奶脾气大，拍案大骂：你这贱坏子王八蛋！怪不得你爹要杀你！

行了，底牌亮出来了，于是师生对话。

潘崇："能事诸乎？"

能把老爹哄得回心转意吗？

商臣："不能。"

"能行乎？"

能不能离家出逃？

"不能。"

"能行大事乎？"

"能！"

蜂目雪亮、豺声狰狞，商臣要杀爹！

成王被围在宫中，一根绳子挂在梁上，请爹上吊。老爹和儿子商量，你爹临死也没别的念想，就想吃个炖熊掌……

商臣笑：爹，满山都是熊，熊掌多得是，可您没时间了，您就欠着这口儿，先上路吧。

熊之有掌，据说是天下至味。"鱼我所欲也，熊掌亦我所欲也，二者不可得兼，舍鱼而取熊掌者也。"孟子是坚持原则的人，我没吃过熊掌，但孟子说好想必是甚好。但君子远庖厨，熊掌如何炮制，孟子不知道。厨房里，熊的一只脚估计得有一个扬州老师傅伺候好几天，打理干净交给厨子，下锅慢炖，费了半座山的柴火，出锅时又是几天几夜之后。

所以，心急吃不了热豆腐，心急也吃不成熊掌。孟子当然不急，一边等着熊掌上桌，一边养着浩然之气。而商臣的爹，他其实是急的，他要的不是熊掌，是炖熊掌的时间，炖着炖着，也许救兵就到了。他急，儿子比他还急，所以熊掌最终吃不成。

话说到此，大家都明白，少年夷皋之杀人与熊掌有关。

此案的详情已经无可稽考。《左传》中仅仅提供了不到十个字的基本事实：

"宰夫胹熊蹯不熟，杀之。"

另在《公羊传》中，有一句目击者的证词：

"熊蹯不熟，公怒，以斗摮而杀之。"

也就是说，夷皋等啊等，终于等到热腾腾的熊掌端上来，忙不迭伸嘴下筷子，发现没炖熟！可能不幸碰上个脚力强的熊，外边酥烂，里边还是硬的。喊来厨子跳脚大骂，偏又碰上一个脖子硬的，分辩了一句半句，小魔头就疯了，顺手抄起舀酒的铜斗，只一下，就砸了个脑浆迸裂！

前文说过，吃熊掌本就是磨性子熬耐心的事，少年最缺乏的就是耐心。熊掌不熟，很可能也是被夷皋催的，厨子也许只是告诉他，再炖上一天就熟透了。但是少年啊，他们最有时间却最是等不及。

古人云：王子犯法与庶民同罪。请注意，说的是王子，不是王。王不可审判，如果王可以审判，那就是法国大革命，就不会再有王朝。君主制的精髓就在于王是法与正义的根源，天之自然法即是王法，王是天与法的中介，天比他大，但他比法高。

——很反动，但也自有道理。一个社会如果要让它的全体成员确信法律的权威，当然最好是像卢梭想象的那样，一群通情达理的人坐下来商量，讨价还价，划下道来，大家自觉遵守。但中国和外国的老祖宗未必就不如卢梭聪明，他们只是考虑到事情还有另外一种更大的可能，就是这群人迅速打起来，打得满地牙和脑浆，最后打赢的这边划下的道儿还未必就比王法高明和公正。所以，老祖宗们倾向于直接诉诸超越性权威，天和神和王，天和神不和你争论，王在王法之上，也不争论，这至少可以减少纷争，降低成本。

这世上的事，只有残缺，没有万全。王凌驾于法，看起来很爽，但事情的另一面是，王也不受法律保护。夷皋杀了人，如果他是个百姓，那么好，总要开公堂审案子，到现代还得有公诉人和律师。杀人是杀了人，但前因是什么？夷皋的精神状况怎样？作为自幼没爹的孤儿，他究竟过着什么样的生活？监护人赵盾是否充分负起了监护责任？最后，无论如何夷皋都是未成年人……

现在，这一切都没有。

那么有什么呢？有沉默的天道，天道自在人心。夷皋，这个少年，他多半是不爱读书的，他仅仅因为熊掌不熟就杀死一个无辜者，他不知，这时他已经触动了某些悠久深长的记忆。据《太平御览》所引《缠子》："桀王天下，酒浊而杀厨人，纣王天下，熊蹯不熟而杀厨人。"

是的，夷皋已经成为桀纣的化身，他做下了和人们记忆中最残暴的君主同样的事。孟子，一个严正的伦理法官，对他和他的同类做出了替天行道的判决：闻诛一夫纣矣，未闻弑君也。

——他不是君主了，他是人民公敌。

正义终将实现，只不过实现正义的方式常常令人意外。那些天，在晋国，所有人都屏息等待着意外事件的发生。那个他们所爱的孩子，他们共同的、曾经寄予所有希望和祝福的孩子，已经消失了，所指不动，但符号如风，现在，这个少年，这个"不君"之君，正孤零零地坐在殿上，惊恐地注视着厄运在每一片树叶、每一丝风中闪动……

# 大槐树刺客事件

相府之中，大槐树下，清早躺着个死人。

撞树而死。树上有血，脑浆流了一地。

身上带剑。是刺客。来刺杀赵盾赵大人。

在黎明前最黑暗的时刻，该刺客摸进赵府，飞檐走壁，一径到了寝室。

赵盾已经穿上了朝服，准备上朝，可是天还太早，他老人家正端坐打盹。

还等什么？下手啊！

刺客望着赵盾，望着望着，眼泪汪汪，多好的一个人，多好的一个领导，为了我晋国百姓，起得这么早坐得这么正。

刺客竟下不去手。他想了很多很多，好像他不是来杀人是来思考的，想来想去实在想不下去，砰的一下，就撞了大槐树。

然后，史官就在史书上写，该刺客死前叹而言曰："不忘恭敬，民之主也。贼民之主，不忠；弃君之命，不信。有一于此，不如死也！"

读书读到这儿，问题来了。该刺客为什么不杀人而杀了自己？《左传》给出了一个说法，就是被赵盾的崇高风范所感动，但又不能背弃派他来杀人的国王的命令。但人已经死了，死前又并不曾找个人二两酒倾诉衷肠，那么，他的"叹"谁听见？他的"言"又是谁记下？好比"七月七日长生殿，夜半无人私语时"，无人私语，你又从何得知？对此，钱锺书先生解释曰：《左传》的叙述"盖非记言也，乃代言也，如后世小说、剧本中之对话独白也。左氏设身处地，依傍性格身分，假之喉舌，想当然耳"。

原来如此，想当然耳。这不是真相，是对真相的想象。如果我是总编，我要马上派出记者，星夜赶往晋国，以专业精神探求真相。我要出特稿出专号，去扒开粪堆，让真相大白，搞不出东西你就别回来！

一查，问题果然就有。不仅是自杀动机说不清楚，该刺客他到底是谁也说不清楚了。在《左传》中他叫"鉏麑"，到了《吕氏春秋》，他叫"沮麛"，《说苑》中他又变成了"且之弥"，《古今人表》中他叫"且骳"。这说明什么？说明无论捕快还是史官，查户口都查不出此人，只好循音派字，胡乱给他写个姓名。

还有，贵国的相府就没有警卫保安、没有监控设施吗？任由一个人来去如风，偷窥、思考和自杀？

捕快和史官羞愧无语。最后总算有个聪明的跳起来：故宫呢？紫禁城呢？不是监控得更紧吗？怎么还让人偷了东西去？不是也有战于紫禁之巅吗？

好吧，记者不打算纠缠这些枝节问题，他打开录音机：咱们私下说说，我保证不报道。现在，咱们说说这个人，不管他叫什么名字，这个人总是有的吧，咱们要说的是，这个人是不是刺客？一大早身怀管制刀具死在相府里，这难道就说明他是刺客？

这下捕快和史官全急了：他就是刺客，他就是国王派来的，当时不能肯定，后来有国王身边人的口供为证！

黑牢、吊打、老虎凳、不让睡，记者把他能想到的刑罚想了一遍，对两千六百年前的口供一个字也不信。但是，他想必会对接下来听到的事很感兴趣：国王夷皋杀了给他炖熊掌的厨子。

此事原委，上回已经说过，总之少年犯罪，过失杀人，况且这孩子不是坑爹而是自幼无爹，少养无教，论罪不无可恕之处。话说到此，忽想起前两日有女士来访，言谈间眉梢眼角皆是烦，细细一问，原来烦的是：宝贝儿子到底是改名呢还是不改名还是改名？——好好的都四五岁了改什么名呢？女士扭扭捏捏满脸娇羞。——哈，是不是又离了？孩子跟着你？那也不用改名啊，咱不用他那鸟姓就是了。女士急了：离什么离，老娘捏死他！只是——只是——

信不信由你，那孩子名叫李天一。

送走女士，到网上随手一搜，叫李天一的还真是不少。

我儿子天下第一。

两千六百年过去，换了人间。春秋时给孩子起名，即便王公贵族，也是随口混叫，越贱越好养，比如周公的后代，极尊贵了吧，起个名字叫黑肩。夷皋他爷叫重耳，耳朵一边两个，加起来四个，也不知怎么长的。赵盾他爹叫赵衰，放在现在，至少也该叫赵强。孔子登泰山而小天下，但也不叫孔天一，其名也就是个小山包。而夷皋，这个名字也很俗，夷者平也，皋者水边之高地，把水边的高地弄平，就是个挖土刨地的。但夷皋是国王，至少在晋国那片天底下，他还真是第一，他要不是晋国第一他还没那么大脾气，现在一生气就杀了个人。但这在春秋其实也算不上多大的事，刑不上大夫更不上国君，国王这个职业在古代就是领了执照的屠夫，杀人正常，不杀人奇怪，他若是杀完了，挥挥手，命人拖出去，大概什么事没有，晋国人民看在眼里，心想：哦，开张了，国王杀人了。然后踏踏实实过日子。

偏这孩子不争气，杀了人竟慌了，竟有了犯罪感了。他要有个亲爹他爹就会教导他，丛林之王永远不能暴露他的软弱，不能慌，要淡定，国王总是正确的，最危险的时候就是你认错的时候，一认错你就再也没有正确的时候了。但问题是，亲爹死了，只有一个赵盾，夷皋从小就知道，赵盾原本不想让他继承王位，全靠他娘撒泼哭闹才翻了盘。在那惊天一哭之后，史书上再未提及这位母亲，但是，在儿子身上，我们看见了娘——这孩子的问题不是骄纵，而是恐惧和怨毒：娘就那样跪在地上求他，求他可怜可怜这孤儿寡母，可赵盾，他是个聋子瞎子，他的心比乌鸦还黑，他让娘跪了一天他连面也不露，最后他把这王位像打发叫花子一样随手赏给了你！

深宫里，这孤独的孩子每天咀嚼着对赵盾的怕和恨。对他来说，外面的天地是属于赵盾的，或者说，这世间就是赵盾，庞大的、凶险莫测的赵盾，他像天上的鹰一样守护着这只兔子。

现在，这只可怜的兔子，他杀死了厨师，厨师躺在地上，成了一件占据空间的物体，他忽然意识到，他面临着比杀人麻烦得多的问题：如何处理这个物体？

他更恨赵盾了。他能想象赵盾站在面前，义正词严地谴责他的暴虐。赵盾的存在使国王意识到，自己只是一个人，一个杀了人的人。夷皋知道自己的所为暴虐不仁——人之作恶，有时是因为麻木愚钝，而有时候，就像这个孩子、这个孤儿，他知道那是恶，作恶是他反抗这个世界的方式。

——忽然想到，《赵氏孤儿》繁多的版本，似乎都没有意识到，在这里，除了"赵氏孤儿"，还有一个孤儿，就是晋灵公夷皋。在一代又一代的观众眼里，此人只是一桩没来由的恶，不必深究、不必推敲。中国的观众对于恶并无好奇之心，我们对深渊中的人并无好奇，这说明了我们的善，但也可能使我们坠入深渊而不自知。

现在，这小小的恶人，身为一国之君，竟像一个罪犯一样慌着毁尸灭迹。这件事不能让赵盾知道，可是赵盾怎么会不知道呢？这孩子感到世上所有的眼睛都睁开了、盯着他。春秋的王宫清简端严，并无后门狗洞，尸体要扔出去只有走正门，而此时正是青天白日，赵盾就在前边的朝堂处理政务，怎么办？

是的，这孩子让自己向着深渊坠落，他把寻常的国王杀人事件变成了骇人听闻的分尸案。厨师被装进筐子，筐小而厨师胖，厨刀把厨师切成几块，然后，几个老妈子抬着沉重的筐向外走去。

赵盾正好就站在院子里，当然，他看见了那个可疑的筐，准确地说，是看见了筐里伸出来的一只冤屈的胖手。

真相大白。不需要刑讯逼供。老妈子们知道谁是老大。

这孩子不管教不行了。赵盾脸都黑了，抬腿就要进去，却被人一把拉住：您这一去，若是劝谏无效，那下面又该怎么办？还是我去，我说了不听，您再出马。

当然，这是明智的，可以避免无可转圜的政治僵局。

自告奋勇的大臣，还没走到孩子跟前，那孩子就眼泪汪汪地说：

"吾知所过矣，将改之。"

这是史官记下的原话。我不认为这孩子在说假话，他的确是知道自己错了，但知道是一回事，他确实不能改。

让该大臣说什么呢？他此时一定想起了自己闯了祸的孩子，他只好像一个父亲一样耐心地教导：

"人谁无过？过而能改，善莫大焉。《诗》曰：'靡不有初，鲜克有终。'夫如是，则能补过者鲜矣。君能有终，则社稷之固也。"

——正所谓老生常谈。改了就好改了就好，好像一切可以重来。但同时，"靡不有初，鲜克有终"，古人对人性、人生其实又是悲观的，一开始都是好的，本心都是好的，但是啊但是，一切都如草木般注定衰败。

这些正确而矛盾的话，现在的孩子听了没感觉，我估计当时的孩子听了还是没感觉。至少就眼前这个例子看，品德教育完全无效。夷皋承认了错误，但接着又不断地犯错误。想必事例甚多，左不过是些衙内少爷鸡毛蒜皮的劣迹，史官也懒得细说。总之，终于使得赵盾亲自出马——骤谏。所谓"骤谏"，便是疾言厉色之谏。在君与臣之间，这就是撕破了脸，近于摊牌。

接着，就发生了刚才的大槐树刺客事件。

显然，即使此人是刺客，也没有任何证据表明是夷皋所使。但公众立刻做出了判断：这个暴君，竟用如此卑劣的手段残害忠良！现在上演的是"公开宣扬的谋杀案"，晋国上下屏息等待着下文。事情刚刚开始，事情不会这么结束。

# 厉害男士在独木桥上

公元前六〇七年九月，晋灵公夷皋请赵盾赴宴，宴无好宴，设了埋伏，"伏甲于宫中"。布鲁图若是中国人，他不会在庄严的会场上刺杀恺撒，他必在喧闹的酒席上。自古以来，请客吃饭就是政治，还有什么比两匹猛兽同吃一盆菜更能体现信任与和谐呢？小事大办，大事小办，天下事在推杯换盏间搞定，当然，多喝了几杯而丢了江山性命的倒霉蛋也代有其人。现在，赵盾和夷皋，两个人在殿上，脱了鞋席地而坐，一杯两杯三杯，要喝第四杯，殿下台阶前的侍卫提弥明忽然发觉不好，大喝一声："快走！别喝了！"

赵盾鞋也顾不上穿，光着脚丫子就跑，这时，一只庞大的獒咆哮而出——据《公羊传》，此獒为"周狗"，应是来自西周旧地，多半就是后世所说的藏獒。这场"鸿门宴"，基本上是一篇陈词滥调、中规中矩的作文，但藏獒却是神来之笔。这才像夷皋干的事，这个弹弓少年，养一只巨犬，他多么渴望看到他的狗撕咬猎物啊，青春的血在邪恶地沸腾：

咬他！咬断他的脖子！

但是，提弥明在此！壮士舍命护主，拦住藏獒。

事先埋伏的甲士挺戟杀出，赵盾且战且走。此时他的身边并无其他侍卫，而且光着脚，必定跑不过穿鞋的，眼看着这忠臣就要化为忠魂——

偏在此时，有人"倒戈"，甲士中忽然冒出一人，转身拦住众人。

而那边，提弥明拧断了藏獒的脖子，当然，他的脖子也被藏獒咬断。

赵盾幸免。

事到如今，赵盾完全可以一声号令，杀了灵公，但是不，他收拾行李，带上太太孩子，一路逶迤而去，他要流亡国外。此时的流亡不是怕死，事实已经证明灵公杀不了他，这是一个伦理选择，赵盾当然没有愚蠢到引颈受戮，做一个史书上的死忠臣，但是，他也显然不愿后世把他视为"弑君者"，他不希望人们在他的忠心下面挖出野心。

然后，他的弟弟赵穿杀了夷皋。如同猛虎搏兔，无悬念无波澜，史书上只有短短十个字："乙丑，赵穿杀灵公于桃园。"而赵盾此时还未出国境，当然掉转车头，重掌政柄。

回顾整个过程，其实颇多疑点：夷皋是孩子，赵盾可不是个孩子，在君臣关系极度紧张、夷皋的意图近乎阳谋的情况下，只带着一个侍卫赴宴，他怎么会如此轻率？好吧，赵盾很可能对夷皋有一种居高临下的轻视，他不相信这孩子能闹出什么花样来，可是，他的幸免于难又未免过于偶然、过于幸运。提弥明拦住藏獒不足为奇，但即使如此，赵盾也必定逃不脱甲士围攻，但偏偏这时又冒出来一个人救命，这真是无巧不成书，无巧不成史书。

这个在关键时刻干预历史的小人物，据说他叫灵辄，据说多年前受过赵盾的恩惠。《左传》详细记载了有关故事，史官们显然认为该故事必须讲，否则整件事就不近情理，同时这个故事也再次表明了赵盾的贤明，进而证明这场斗争是正义与邪恶的斗争。好吧，灵辄曾经受恩于赵盾，那么，他是什么时候才知道谋杀阴谋的？难道在冲出来的那一刻他才知道今天要杀的是赵盾？如果昨天已经知道、一个时辰前已经知道，他为什么不通风报信？以一人之力，临时倒戈，岂不是太晚、太险了吗？提弥明是晋国著名的力士，拼将一死才拦住一条狗，这位灵辄居然以一敌众，而且全身而退，飘然不知所踪，他是从武侠小说里穿越过来的吗？既然不知所踪，那么，这个人的存在、这个人的故事就只剩一个来源，就是赵盾的讲述。据《左传》记载，百忙之中、千钧一发之际，赵先生不赶紧逃命，还要絮絮打听：您为啥救我？您贵姓？您住哪？——这不是过于从容了吗？那些甲士在干什么？停下了刀枪听他们一问一答？

这个灵辄真的存在吗？或者，那些甲士真的是听命于夷皋？赵盾大权在握，首要之权不就是宫廷禁卫之权吗？夷皋能在赵盾眼皮底下纠集起一支为他卖命的警卫部队？

再往前说，大槐树下，那个来历可疑的刺客真的存在吗？

我知道，我此时很像一个记者，我马上就要写一篇报道，我很兴奋，我在追寻真相。你们的偶像，这个叫赵盾的人，他处心积虑地导演了一场戏，这场戏里唯一的意外可能就是那只藏獒。赵盾是艺术大师，他瞒天过海，他骗过了夷皋、骗过了当世人和后世人，骗过了那些沉迷于戏剧性情节的史官。他太厉害了，我的文章就题为《厉害男士》。该男士本应该光明正大地把夷皋逮捕审判，从而为中国和世界的法治开出光辉的先例。放着阳关道不走，偏走独木桥，虚伪狡诈暗施阴谋，殊不知被阴谋玷污的正义就不是正义！

——我都要被我感动了，我知道我是多么铿锵，我是多么喜欢我的铿锵。

但赵盾可能真的只有独木桥可走。如果如我所愿，他就违背了他的时代的基本伦理，他留在后世的形象就是一个奸臣。当然，一部《春秋》，弑君弑父等闲事，很多人干了也就干了，没什么心理障碍，至少也没人骂他是伪君子。但赵盾是一个对自己有要求的人——不仅是要求权力和成功，他还追求个人和国家的正当善好，他要向着他和他的同代人所认为的善走去，那么，你要他怎么办？换了你，除了做奸臣和做烈士之外还有什么办法？

赵盾和记者的不同在于，他有想象力，阴谋需要想象力，人的道德生活同样需要想象力。赵盾要在路的尽头搭一座桥。

春秋时人，正如今日的我们，深刻地受限于历史和生活给定的条件。当他不是仅仅宣扬信念而是怀着善好的信念去做事时，他将不得不穿越广袤的泥泞。孔子之伟大就在于他没有执政机会，幸亏没有，否则我怀疑他是否当得成圣人。人躺在床上时不会有影子，当他站起来、行动起来，即使他在追逐光明，也必定在地上留下幽暗的阴影。假设在某个夜晚，赵盾终于下定决心，要让不义的暴君受到惩罚，假设他为此深思熟虑，自导自演了复杂的戏剧，假设我的假设都是真的，他难道不是在他的条件下尽力实现正义？

我知道，马上会有人提醒我，这是在以目的的正当性为手段的不正当辩解，而手段不正当目的也不可能正当。好吧，这些先生可能真的只活在纸上，不知世事艰难。问题是，我们要的究竟是一个一点点相对较好的世界还是一个坏世界里的死圣人？还是我们真的相信，有那么一个世界，在那里，所有正当的目的都完美流畅地配备着正当的手段？如果只相信那个完美世界，我们是不是也就失去了在我们所在的这个世界里思考和行动的能力？是不是实际上阻断了善好生活的可能：在困难的条件下向着公义行进，哪怕是迂回曲折间道而行，哪怕是胜雪的白衣溅上污泥。

　　当然，事情的危险在于，我们其实不能肯定我们的内心都藏着些什么，它可能会把我们带向哪里；我们不知道，手段会在什么时候什么地方侵蚀和毁坏正当的目的。人就在独木桥上，彼岸遥迢，脚下深黑。

# 天意高难问

大星横贯于天。

是初秋。凉风至，白露降，寒鸦鸣。风吹动苍鹰之羽，苍鹰立于荒野，四面陈列着它所击杀的禽鸟，如同举行神秘的祭祀。鹰眼如虎，沉淀着秋的颜色：金色。秋属金，天地暗起杀机，死囚数着树上的叶子，数着最后的日子。

这颗大星蓦然而出，是彗星，但不是那种曳着长尾的扫帚，是一枚蒲公英般的光球，是乱发披散的头颅，似乎在生长和膨胀，似乎有冰冷的火焰在烧着，缓慢地、炫耀地横贯两千六百多年前高朗的夜空，消失在北斗星座的深处。

那天晚上，世间的人们注视着这颗星，所有的人都知道，它不是白来的，它带来了某种神秘而紧要的消息，它之来预示未来。

史官们彻夜未眠，他们也是占星家，他们从未见过这颗星，秘藏于宫中的典籍也从未提到这颗星，它的出现必定极为凶险——星际秩序的混乱必定意味着天下之乱。

但各国专家们不得不承认，他们不知道将要发生什么，这颗星超出了他们的知识范围。天下失望，天下忽然想起了洛阳，他们平日想不起来这个地方，这个地方居住着周天子——一个逻辑上必须有但实际上可以没有的符号式的人物，但是，这时，人们忽然想起了他，他衰败的王城和他的史官依然是天下所有知识的源泉，在这样的时刻，他们不能不给出个说法。

所有的镜头对准了周朝的太史台，史官们院士们正在举行闭门会议，几天几夜，他们不吃不喝，没有人敢闯进去打扰他们的思索，实际上也没人知道在紧闭的门后那些老家伙在干什么，不公开不透明，全世界都屏息等待他们宣判世界的命运。

终于，门开了，首席院士被扶了出来。他的胡子很长，几乎要拖到地上，每当他走在洛阳的街上，总有一群愚蠢的男女在一丈以外悄悄跟着他，希望看到他被他的胡子绊倒，当然这样的事从未发生。实际上，首席院士的选举办法是根据院士们的胡子长度确定的，也就是说，院士们在他们漫长的一生中，主要的工作就是注视着自己的胡子，他们相信，那是他们的智慧在生长，或者凋谢。

现在，长须老人面对着镜头，说出他们讨论的结果：

"不出七年，宋、齐、晋之君，皆将死乱！"

死乱，他们将不得好死！

老先生抬起眼皮，看了镜头一眼，这一眼，是从天上看下来的，看在了正在权力巅峰上龙精虎猛地折腾的三国君主的脸上，如看蝼蚁微尘。然后，他转过身去，也不理记者们的追问，走进了大门。

这一年，是《左传》文公十四年，公元前六一三年。

然后，公元前六一一年，宋昭公杵臼在打猎途中被政变军人杀害。

再然后，公元前六〇九年，齐懿公被他的司机和警卫员杀死在郊外离宫，藏尸竹林。详情请见异史氏所撰《澡堂子引发的血案》。

那颗星的意图如钟表般精确。第七年，公元前六〇七年，大将赵穿将暴君晋灵公夷皋杀死在桃园。遭到灵公追杀、亡命出奔的赵盾正在国境线上长吁短叹、踟蹰徘徊，得知消息，漫卷诗书喜欲狂，飞身上马就奔回都城，在那里，浩大的人群正期待着他的归来。

在后来的戏剧家笔下，故事当然没有这么简单，戏剧家们渴望更多的尸体，他们要让晋灵公杀死赵盾、灭了赵家满门，他们认为，人间的正义绝不可能轻易实现，他们要把正义寄托在一个孤儿身上……

而当时的史官们另有看法。晋国太史董狐，他同样有一部庄严的长须，在晋国，董狐是良心，是真理和正义，不畏强权，董太史发了一条微博："赵盾弑其君！"

一个"弑"字就是严厉的道德判断：赵盾是杀害君主的罪人！董太史的原则性比火腿还硬，他可不管晋灵公夷皋是否该死，他也不打算斟酌人类境遇的复杂晦暗，铁路警察，各管一段，他管的仅仅是明辨是非和黑白，而就这件事而言，是非判如黑白：合法君主不能被不合法地杀死。现在，董太史岩石一样屹立在道德高地上，无所畏惧。

可怜的赵盾，比赵氏孤儿还冤：怎么是我杀的，明明是赵穿，我要杀早杀了，还用得着跑！

董太史冷笑：你的问题就是跑得太慢，你是执政的正卿，你要是一口气跑出国境去，这事也就不能算在你的账上，而现在，你还没出晋国，晋国发生的事，你不负责谁负责？

赵盾愣了一会儿，又愣了一会儿，他在回忆自己为什么没有抓紧时间越出国境，也许他真是在等着什么，等着该发生的事发生；但谁知道呢，又也许是因为多愁善感，离开他的土地和人民之前忍不住五里一徘徊，想作几句诗。赵盾冷不丁抽自己一个大嘴巴：他妈的活该呀我，踩一脚油门我就免责了，吃饱了撑的我作什么诗啊！

　　而那颗彗星，它什么也不说。七年前它冷漠地划过天空，但人间的正义和不义都已被它写定，它就是上帝掷出的一颗色子，天意高难问，没人知道上帝期望什么。

　　从这一年起，直到清末，这颗星三十一次被中国人看见和记下。但太史们始终没有认出那三十一颗星其实就是一颗星，后来遥远的西方海上的蛮夷想到了这一点，该蛮的名字叫哈雷，这颗星也叫哈雷。

　　每隔七十六年，哈雷彗星重来，这是天上的壮观戏剧，据蛮夷说，此事只与太阳有关。

　　但谁知道呢？有人认为，这颗星还关系到王宫里的一摊血或几滴精液，关系到大人先生们的头颅和史书上的某一行字。

　　然后，公元二〇一二年初冬的夜晚，我从电影院里出来，刚看了《一九四二》，举头望天，天上无星，忽然想到，上帝的意图何其诡异，他居然为了那么点破事就闹出这么大动静，而且七十六年来一次，乐此不疲。


　　好吧，《赵氏孤儿》的故事说了好几段，到此打住。看官问了：怎么，这就完了？孤儿呢？程婴呢？公孙杵臼呢？屠岸贾呢？

　　——这些人和事，史学界早有定论，就算有点影儿，也与赵盾、夷皋无关。实在想知道，看电影电视剧去吧。

春秋路

三

## 二子同舟

公元前六九六年，卫国政变。国王跑了，国王万岁！

这是本年度的国际大事，各国报纸的大字标题是：

**天理昭彰，卫国另立新君！**

**爬灰者祸及子孙，前国王寻求避难**

**新君黔牟表示：必须重整道德，严禁淫词浪曲！**

各国的史官在那些天里熬红了眼睛，一个个像亢奋的兔子，民工们来来往往地搬运书简，简直累断了腰。史官们在如山的书简里翻查事件的前因后果，在一张张散发着清香的木片上写下他们的深度分析。

网上的评论有十万八千条之多，而在这一年，一首名叫《二子乘舟》的歌成了唱遍天下的金曲：

　　　　二子乘舟，泛泛其景。愿言思子，中心养养。

　　　　二子乘舟，泛泛其逝。愿言思子，不瑕有害？

　　这一年，同舟二人组成为流行音乐界最耀眼的明星，所到之处，女人不分老少，普遍尖叫、哭泣、昏厥。男人们在远处晒着太阳，捏着虱子，你看他一眼，他看你一眼，然后，咯嘣一声，咬破一只虱子。

　　公元二〇一一年一月，我在楠溪江上。这里是东瓯国，化外之外，中原惊天动地的消息传到这儿轻若鸿毛。一位名叫汪曾祺的吴国文人曾曰：我可以负责地向全世界宣告，楠溪江是很美的。但这条最美的江正在变成黄河，只因为这里的人正忙着把江底的沙子挖出来，卖给东夷和南夷。他们完全同意汪子的意见，把他的话挂在墙上，以便提醒大家注意：这条江金光闪闪。

　　那名叫急子和寿子的年轻人，如果在这条江上，他们或许根本不会死。他们绝对不会死，因为他们是爱清洁的人。

　　复述事情的起因需要情色小说家的想象力：卫宣公先是爱上了他爸的小老婆，生了个儿子叫急子；后来，他继位做了国王，公然就把急子他妈封为王后，好吧好吧，算他有种，转世若干次就是唐高宗。急子自然成了太子，这时也长大了，该娶媳妇了，慈祥的老爸为他选定了齐国的齐姜，在河边建了一座壮丽的楼台。齐国是大国，姜是个大美女，齐姜的老公公说，不能委屈了人家姑娘。婚船吹吹打打迤逦而来，齐国的大美女下了船就登了台，在楼上等着她的却不是急子，而是急子他爸爸。

卫国人民那时十分幼稚，他们固执地认为美女就该配个年貌相当的帅哥，看见蓄胡子的成功人士占据一个或若干个漂亮小娘子他们就生气，就认为天下不公平、人间无正义，就要编小调唱酸曲发泄不满："本想求个如意郎，得个蛤蟆不成样。"（"燕婉之求，籧篨不鲜"，《诗经·新台》）。虽然闻子一多指出，新娘入了洞房，惊见新郎是个癞蛤蟆，此事不仅中国有，外国也甚多，卫国人民未免大惊小怪；但这些天真的人仍认定这是新娘的不幸，她应该变成条鱼蹦下河去。所幸，齐姜不这么天真，时间很快，生命很短，她抓紧时间为她的老公连生了两个儿子。这至少证明，卫郎虽老，而尚能饭。

然后，事情就变得老套了：急子成了眼中钉，急子他妈上了吊。

再然后，爸爸命令他的儿子急子出使齐国。

现在，说一说齐姜的大儿子，他名叫寿子。谁都看得出，这位寿子将是王位继承人，当然只要先除掉他的异母哥哥。但这个少年——据说此时也十七八岁了，他找到了哥哥，说：快跑吧快跑吧，咱爸叫人杀你呢！

急子不急，说：杀就杀呗，谁让他是我爸。

两兄弟没话说了，喝酒。急子醉了，寿子抄起白旄就跑——忘了说了，他们的爸爸给了急子一柄使者所持的白旄。没有电视，没有照片，画家画的所有人都像一个人，所以埋伏在路上的杀手不认识急子，只知道见到持白旄者就是一刀。

于是，寿子被一刀杀了。

急子醒了，不见寿子和白旄，拍马赶来："杀错了杀错了，杀我吧杀我吧。"当然，又是一刀。

人们无法理解急子，也无法理解寿子。人们和我一样，认为他们都是可怜的傻瓜，他们有无数的路可走，但他们都选择了最不成功的路。

道德专家们对此事是这样分析的：急子和寿子这样寻死，客观上和主观上是陷他们的爸爸于不义。也就是说，在这件事情里，最值得同情的是他们的爸爸，这可怜的老爸被两个忤逆不孝不懂事没志向的儿子给坑了。

专家的意见后来被写到经书里去，供大家学习。

再后来还有了一部名为《二子同舟》的大片，千千万万的观众得知，问题的关键是要想得开，不要一根筋，两个孩子最需要的是心理辅导，连《赵氏孤儿》里的屠岸贾其实也是个好人，他们和他们的爸爸又没有杀父之仇，他们的爸爸更没理由不是好人，他们应该好好领会亲爹的好，每个生命都是珍贵的，他们既要珍重自己的命，更要珍重亲爹的命……

好吧，说说我在东瓯国的见闻。酒席上，一老兄教训他的侄子：一个老婆你都搞不定！你看看我，三个都不闹意见。

该老兄是开屠宰场的，日杀猪五百头，夜御女三位。

这时，我就忽然知道，那两个孩子是怎么死的：羞死的。深深的、令人绝望的羞耻。这两个孩子，奇怪地、毫无理由地患有洁癖，他们真的不好意思再在这个世上活下去，不管你说出多少道理。

他们并不憎恨他们的父亲，他们只是厌倦了，这人世是你的和你们的，那么好吧，我们走了。

按《春秋》，二子应死于陆地。但不知道为什么，人们顽固地认为他们死于水上。水在这件事里被赋予一种命定的意义：齐姜由水上来，然后上了癞蛤蟆的楼；而两个孩子应该由水上去。

清洁的水，洗去一切污浊的水。

泛泛其景——那船摇啊摇。

泛泛其逝——那船消失了。

两个孩子变成了鱼。


另外，公元前六九六年的政变中被推翻的并非卫宣公，而是他和齐姜的第二个儿子。宣公寿终正寝，安然度过一生。

# 一 盘 棋

最初，这不过是一盘棋。

宋闵公与大将南宫万在下棋。当然，那时闵公还不叫闵公，闵公是他死后的谥号。闵同悯，很显然，后人认为他比较可怜，所以送了这样一个号。至于为什么可怜，我们很快就知道。

那一日本来无事，但是，我们可以推断，那盘棋上，南宫万占了上风，因为他忍不住说话了，要是不说话多好啊，可他偏就说话了，说话又不说棋的事，说别的："甚矣，鲁侯之淑、鲁侯之美也！天下诸侯宜为君者，唯鲁侯也！"

也就是说，面前坐着他的老板、他的上司，可是他却在夸别家的老板和上司，贤良淑德人又帅，夸也就罢了，他还说只有人家才配做老板。

至此，我们看出，这南宫万是个缺心眼的。他也确实不是揣着一窝心眼出来混的，他这个将军像张飞、像李逵，是冷兵器时代的职业屠夫，靠的就是体力、暴脾气和没脑子。下棋占上风不说明他有脑子，只说明宋公棋臭。

可想而知，宋公不高兴。棋上落了下风倒也罢了，话上也落了下风，若是二人对弈倒也罢了，偏偏是，有人围观——史家搞不清是一个人、两个人还是三个人，但史家确信，有人在场，而且是女人。

有观众在，而且是女观众在，事情的性质就发生了变化。这位宋公平素大概是有点怕南宫万的，后者是一个强大的、放肆的下属，你不得不忍耐，当领导的基本功就是忍，你必须忍耐各种各样的人性优点和弱点。当然，忍耐是有底线的，在宋公这里，底线就是：有人在场。


行文到此，抬眼一看，发现写顺了，顺成顺口溜儿了，马上就不得不写到面子问题了。现代以来，论中国文化与国民性，好面子是公认的一大病。死要面子的好汉我天朝肯定较多，但平心而论，不爱面子的人种，世上大概也没有。人也好，人群也好，需要自我肯定，也追求所在的共同体的肯定，这是普遍人性。差别可能在于人们为了这份肯定所愿付出的成本，极端情况下，成本无须由自己支付，人们自然倾向于不计成本——所以"形象"而有"工程"。但就宋国这件事而言，南宫万是严重地不给老大面子，如果老大连这样的话都忍了，那真是没脸再混了。在这种情况下，我想不出中国人和外国人的反应会有什么不同，大概都是一样的：你丫给我滚！

宋是商之后裔，春秋时看商，酒池肉林、挖心炮烙浑不提起，只记得商有文化。就如有些人看民国，只看见衣衫胜雪的大师，看不见哀鸿遍野、万民辗转于沟壑。于是把宋人惯出了一副世家子弟破落户脾气，清高迂腐，又酸又硬，比如那位"高贵的蠢货"宋襄公。眼下这位是襄公的大爷，还没那么迂，说出话来给力得很，他也不冲着南宫万说，他冲着围观的女士说：

"此虏也！尔虏焉故，鲁侯之美恶乎至？"

——这是一俘虏。他丫咋被抓去的？哦，鲁侯太淑了、鲁侯太美了，所以丫当了俘虏了。

女士笑没笑？一定是笑了。她或她们不该在场，更不该笑。

两年前，宋与鲁交战，也不是宋与鲁有多大过节，是宋随着齐国为首的"国际社会"去教训鲁。本以为鲁国人只会读书，偏此时的鲁国有个血气方刚的君主，又有一个吃不起肉而有脑子的草民曹沫出谋划策，一鼓作气、再衰三竭，扛过三轮轰炸，发一声喊，冲上去大败齐军，接着大败宋军于乘丘。好个鲁公，乱军之中，取一支金仆姑箭，一箭射翻南宫万，众将一拥而上，只见烟尘滚滚，折腾了半晌才把那厮按住捆上。

然后就是"风度"了。鲁公把南宫万养在宫里，不像是当俘虏，倒像是度假。如此吃了一年多鲁菜，人养胖了，也知道了世上还有这么好的老大，然后送回宋国。在这之前，宋国下暴雨发洪水，春秋时人当然也知道幸灾乐祸，但更知道"幸灾乐祸，不祥"，所以鲁公派了人去，表达诚挚的慰问："此时此刻，鲁国人民感同身受。"宋公此时自然是谈不上面子了，臊眉搭眼曰："寡人不能事鬼神，政不修，故水。"还得劳您费神，惭愧呀惭愧！

谁都听得出这是门面话，但春秋时的君子偏就老实，还真就感动了，还真就以为宋公在做自我批评了。据说孔夫子激动得眼泪汪汪："昔桀纣不任其过，其亡也忽焉。成汤文王知任其过，其兴也勃焉。过而改之，是不过也。"所以，夫子断言：宋国其庶几矣。宋国要崛起了！

尽管人家是圣人，我也不得不说他老人家反应过度。这篇话在《左传》上有一个现今的人们更为熟悉的表达：其兴也勃焉，其亡也忽焉。本来是满怀期许地勉励宋公的，但谁知道，圣人也不知道，这竟是一语成谶：这位宋公，果然是

"其亡也忽焉"。

南宫万出手如电，只一瞬间，就捏住了宋公的脖子，就捏断了宋公的脖子，想必那丝冷笑还留在宋公的嘴角，但南宫万已如疯虎一般冲了出去——这一路，端的是血肉横飞，场面很红很暴力。大将仇牧上前拦挡，竟被这南宫万活生生一把撕成两半，一半飞到左边，一半飞到右边，飞到右边的那一半连着头颅，兀自张嘴呐喊，吭哧一口，啃住了宫门，事后费了很大劲才把牙从门上拔下来。

此后的过程不必细表。总之，南宫万杀人拿手，搞政变不行，狗咬狗满地毛之后落荒而逃，驾着马车载着老娘，当了一回赛车冠军，一日二百六十里，飙到陈国。

宋国人提着礼物尾随而来，陈国就是用脚后跟想事儿也知道该怎么办。只是这南宫万动物凶猛，实在不好收拾打包。想来想去，想起他是商朝后裔，家学渊源，最禁不得美女和美酒。可怜南宫万，被几个能喝的公关小姐灌得大醉，裹进生牛皮里捆成后世的粽子，二百六十里路又回了家乡。

这厮果然了得，到了宋国一看，众人吓出一身冷汗，他在路上酒醒过来，居然活活挣破牛皮，手脚都已经伸了出来！怎么办？也不必开包验货，连皮带馅，一块儿细细剁了，放盐，做了酱。做了酱有啥用？在下不敢想。

故事完了，还有闲话：当了俘虏，当事人心理压力极大，宋公一句话，南宫万立刻失控。但在春秋时代，当俘虏不是多么耻辱的事，南宫万在鲁被以礼相待，回了宋也照样当将军，战争伦理大体上还是通情达理。到了战国、秦汉，秦王坑杀降卒四十万，汉武灭李陵满门，虽有一时之胜，但秦汉之后，武道衰弱，不能不说与不容失败、剥夺武士尊严的战争文化有关。

还有一句，就是，两千六百九十多年前的这盘棋，考量的是面子、荣誉、风度、胸襟，说起来皆为虚文，都不是硬道理。但人类生活如果虚文不讲或者讲不好，那么剩下的也就是硬的暴力、软的酱。

## 高贵的蠢货

宋襄公站在河边，看着楚国的大军过河。那是阴历十一月，两千六百年前那条名为泓水的河尚未封冻，他身边的谋臣看着敌军在冰冷的河水中艰难行进，急道：

打吧，打吧，痛打落水狗啊。

宋襄公不动，他说："君子不乘人之危。"

敌军爬上来了，在岸边乱哄哄地集结，襄公的参谋长更急了：

打呀，打呀，还等什么，黄瓜菜都要凉了！

襄公不动，他说："君子不鼓不成列。"——绅士不攻击没有摆好阵势的敌人。

这件事的结果大家都知道，宋军大败，襄公负伤而逃，不久郁郁而死。

该故事我是在七八岁时读到的，我读懂了，我知道写下这个故事的人是要教育我：一定要乘人之危，否则屁股上就会中一箭而且大家都会笑话你。今天，闲着没事儿翻《左传》，又读到这个故事，我还是认为宋襄公很愚蠢，他当然没有蠢到不想在战斗中取胜，他的愚蠢在于他想用体面的方式取胜。

所以，公元前六三八年这一战留给我们的真正教训是，手段和过程是无所谓的，只要我们能够达到目的。

对此我当然并无异议。但是，你知道，我还是个武侠小说迷，我忍不住要对泓水之战做另一种想象。

宋襄公是绝世的高手，他站在高高的岸边，披襟当风，看着他的对手在河里狗刨。这时，他的徒弟急道：

师父，动手吧，发掌心雷劈他，用一阳指点他，拿梅花镖射他！

这时他会怎么样？他会说：君子不乘人之危。

说这话时，宋大侠白衣胜雪而且飘飘。

同理，他一定会等下去，等对方晒干了衣服，站起来，走到他的面前。开打之前还得问一声，歇好了吗？

——是的，他必须这样，这样我们才觉得是对的，这才是他绝世的风姿，否则他和一个市井无赖有什么区别？

但为什么，宋襄公在公元前六三八年的那一天成了蠢货，而在两千多年后一个武侠小说迷的想象中会成为英雄呢？

今天中午，晒着太阳，我和楼下的李大爷探讨了这个问题。李大爷正遛狗呢，他的狗尊号球球，看上去正是一只可爱的毛球。该球每见了我都龇牙咧嘴，极为勇猛，但据李大爷揭发，实际上这厮胆小得很，见到面目雄壮的陈哥尾巴便摇得花枝招展。"你呀，面善。"——不说狗了，且说人事，李大爷听了我的疑惑，沉吟半晌，问，那打仗的时候，是宋什么人多还是人家人多？

噢，我忘了，当时宋襄公的参谋长对形势做过评估，叫"敌众我寡"。

李大爷又想想，说，那比武的时候是宋什么的武艺高还是人家武艺高？

那还用说吗？当然是宋大侠武艺高。

李大爷曰：球球，咱回家了，让你李叔好好想想。

不用想，这就叫醍醐灌顶啊，我一下子明白了问题的症结：宋襄公在这场战争中是弱者，所以，他必须按弱者的逻辑行事，不能思考什么该做什么不该做，不能温良恭俭让；只有当他是个强者时，他才会留意姿态、程序、自尊之类的审美和伦理问题，才会在追求目的时坚持手段的正当和体面，坚持他的价值观、他对正义的信念，哪怕他可能会因此遭了暗算，因此失败和倒霉。

史书教给我们的是弱者的哲学，武侠小说教给我们的是强者的哲学。那么我该信谁的呢？当然是历史。我是武侠小说迷，可我也知道武侠小说探讨和想象的其实是生活中的"不可能"，那些大侠，从小说里走出来就全是宋襄公。

得了启发和教导，我踏实了，打算回去睡个午觉。但是，这一觉终于没有睡成，因为我忽然想起，如果每个人都受了教育，决心实行弱者的哲学，时刻感觉寡不敌众而不择手段，那么结果会如何呢？是不是我们就会在每一场战斗中胜利？我们都胜利了，失败者又在哪儿呢？那些失败者是不是就该像块肉一样无怨无悔地被吞下去？或者说，如果我们集体实行弱者的哲学，我们会不会就真的集体变成强者？


附记：

宋襄公的问题在于不能与时俱进。公元前638年的宋、楚泓水（今河南柘城西北）之战，可算是古典"封建"战争的最后一战。此前的战争大致是君子相争，讲风度、重礼仪，点到即止，杀伤有限，所谓"君子不重伤，不禽二毛"，"不以阻隘"，伤员不杀，白头老兵且随他去，凭借地势、设伏偷袭都不算本事。泓水之战后，大家一致认为，什么是"君子"？君子就是迂腐的蠢货，是失败者，是堂吉诃德。一种新的"现实感"形成了，战争就是小人之争，比的是谁更小、更黑、更无情，结果就是一切，手段和身段皆不足论，于是有孔子的浩叹，有《孙子兵法》，有峭刻森严的法家。到战国后期，战争即是屠杀，长平一战，坑杀降卒四十万，一心跟上时代的人们迎来了人间地狱。

宋襄公之后，天下皆聪明。十一年后，晋楚交战，双方陈兵于泜水（今沙河，在平顶山市区）两岸，要打仗就要过河，问题是谁过河？谁也不想做宋襄公，谁也不敢相信对方会是宋襄公，于是就这么隔着一条河耗着。鸡犬之声相闻，总不能老死不相往来吧，最后晋军主帅阳父处忍不住了，派人去和楚帅子上商量："子若欲战，则吾退舍，子济而陈，迟速唯命，不然，纾我。老师费财，亦无益也。"——你要真想打，那么我退兵三十里，让你过河来摆开阵势，啥时候开战你说了算；要不然就反过来，你退兵我过河，否则这么干耗着，谁都没好处。

双方讨论半天，最后说好了，楚军后退，晋军过河，君子一言，驷马难追！楚军倒真是一咬牙退了，但晋军还是不敢过河，阳父处灵机一动，登高遥指：快看快来看，楚军逃跑啦！于是全军欢呼，得胜回朝。

以上参见赵鼎新《东周战争与儒法国家的诞生》。据赵先生曰，如此等等，证明了春秋初期"工具理性"和效率主导的兴起。

## 澡堂子引发的血案

当上了国王，快乐无极。乐是快的，快才能乐，有些事必须快必须趁热，所以汉高祖刘邦急煎煎摆起仪仗赶奔老家，把昔日偷鸡摸狗道儿上混的兄弟们请了来暴撮一顿，他当然不是为了吃饭，他要看看当年的兄弟们惶恐卑下的脸，他认为这很快乐。

所谓富贵不还乡如锦衣夜行，咱们后来有点小家当就急着回村里或者母校显摆，其实是和刘邦一样，要把臭脚放到老朋友或老对头的脸上。

刘皇帝固一世之枭雄，酒喝高了，唱一曲《大风歌》慷慨悲凉，于大俗中见出了格调。相比之下，春秋时齐国有位国君，谥号懿公的，登了基也是快哉乐哉，办的事却很不靠谱：把吵过架的对头从坟里刨出来"断其足"。这种报复令人发指，而结梁子的缘由不过是当年围猎，一只中了箭的兔子或野猪被对方抢先一步占了去。这位懿公的思路是，你不是跑得快吗？现在看你还跑不跑！

其实，跑得慢些，死得晚些，才能当上国王，懿公大可不必翻这笔旧账。但这位主子是不讲理的，他认为当国王的主要乐趣就是不讲理，所以接着又做了件没理可讲的事：委任那老对头的儿子叫丙戎的做了他的马车夫。懿公怎么想的，暂且不表。且说这位丙戎，你以为他会怎样？他会拒绝，或者答应下来然后屈身忍志伺机报仇？

我们所能看到的是，丙先生乐颠颠接了差事，从此后勤勤恳恳狐假虎威人五人六地当了一名快乐的车夫。

如此这般，平安无事，直到丙戎碰上了庸职。这位庸职也是来历不凡，他太太是美女，不知怎么被懿公觑见，如前所述，懿公是不讲理的，把美女抢进宫去，然后给美女的老公派了个工作——做他的"骖乘"，也就是坐在马车上的贴身随从。

情况很明显，懿公乘坐的是一辆极其危险的车，但这是现代人的看法。事实是，很长的时间里，丙和庸都没什么心怀异志的迹象，似乎他们已经忘了爹和老婆。毕竟，国王只有一个，国王的车夫和骖乘也只有两个，生活美好、快乐。

但是，有一天，懿公驾临郊外的离宫，当然那两位也跟着去了。懿公在园子里游玩，估计还带着庸职的前妻，总之没有车夫和骖乘的事了，丙和庸采取了一种现代的休闲方式，他们一起去洗澡。他们很快乐，在澡堂子里开玩笑，拍拍打打，但是，玩笑开过了，拍打劲儿大了，两人翻脸了，庸职骂道："断足子！"丙戎一听就急了，指着他喊："夺妻者！"

——过了几天，懿公坐着马车去竹林闲逛，在竹林深处，丙和庸掏出了刀，国王死了。

听起来，这是一个复仇故事，但这个故事中有个问题令人困惑：他们为什么等那么久？他们又不是哈姆雷特，似乎不必为活着或死去沉吟数年，作为贴身的侍从，他们本来有无数机会复仇。

司马迁的眼光是毒的，他断定这桩血案完全是个意外，一切都是因为他们向对方说出了那句话：

"断足子！"

"夺妻者！"

也就是说，如果那天他们没去洗澡，如果他们没在洗澡时闹翻，如果闹翻了他们没说出那句话，那么，他们将洗得干干净净，像婴儿一样睡去，明天醒来依然是忠顺的仆从。但是，澡堂子引发了血案，人脱得赤条条，他们忘形了放纵了，指着鼻子把话说出来了，脸子面子撕破了，他们别无选择。

　　其实别的选择是有的，比如杀了对方而不是去杀仇人，或者丙戎上衙门递状子告他庸职诽谤。但这又是后来人的想法，春秋时的人没来得及进化得如此复杂。

　　至于那位不讲理的懿公，他也是一个谜，一国之君可以从千万人中选择仆从，他却偏偏挑了丙和庸，他究竟是大智还是大愚？懿公肯定是无耻小人，但他肯定不蠢，他是在齐桓公死后多年的血腥残杀中登上王位的，他对人性必有阴暗的洞察。我相信他是满怀轻蔑地打了一个赌：没事的，寡人了解寡人的臣民。

　　——他本来会赢的，如果没有澡堂子。

# 食指大动

话说那日，天下太平，风和日丽，子公站在院子里听候传召。忽然，天上飞过一只黑鸟，地上，子公的食指急剧痉挛，呈失控之状——当然应该赶快上医院，但春秋时代的子公盯着那根发疯的手指，窃笑。人家问：笑啥呢？子公曰：食指跳，美食到，百跳百应，不信等着瞧。

很快大家就瞧见了。进得殿去，子公失声惊叫："果然！"——郑国的国王灵公端坐殿上，面前一只大鼎，一锅甲鱼汤正炖到火候上！甲鱼汤按说不值得惊叫，但那是春秋，人的舌头不像现在这样席卷全球，最贪婪的食客也不过是吃遍了方圆百里的动物和植物，而这只大甲鱼却是来自楚国。

灵公从汤锅上抬起头，问道："果"什么"然"啊？子公被甲鱼汤逗得亢奋异常，翘着那根天赋异禀的食指细说端详：该指兼具触觉、味觉和嗅觉，有美食，必大动！话说到这份儿上，那灵公要是个随和的，怎么也得舀一勺汤赏给他尝尝，但灵公偏是个护食儿的，越听越紧张，坚决不接话茬，只顾一碗又一碗抓紧喝汤。

想想吧，子公先生眼巴巴看着，他的食指几乎要飞出去了，终于，他眼前一黑——他自己干了什么他不知道，反正别人看得清楚：该大臣忽然冲上去，探食指往鼎里一蘸，然后张嘴叨住手指头转身飞跑……

在庄严的史书上，这个过程就是七个字："染其指，尝之而出。"灵公大怒，当即下令，把他抓回来砍了——不是砍手指，是砍头。子公呢，跑出去一里多地，喂着手指回味一会儿，心一横，得，先把你杀了吧，至少还能落下一锅好汤。

于是，灵公的人还没来得及杀他，他已经掉头跑回来把灵公杀了。

——杀国王，这件事后世的中国人想想都会吓得血管爆掉，可在春秋时，可怜的国王们经常像小鸡子一样被人随便捏死，理由呢，常常微不足道。郑灵公死于"馋"，随便翻翻《左传》你就知道，有的君王死得比他还要荒唐。

似乎是，在那遥远的春秋时代，华夏大地上到处是暴脾气的热血豪杰，动辄张牙舞爪，打得肝脑涂地。生于春秋而当上了主子显然是高危职业，国王吃个独食都可能丧命，要批评个人也得先看看周围是否侍卫众多，否则人家当场翻脸就可能扑上来砸破你的脑袋。那个时代有荷马史诗般的壮阔和莽荡，人都是巨兽或巨神，他们的馋、贪婪、嫉妒、愤恨、虚荣等等欲望和情感都是天大地大翻江倒海之事，就像一部《伊利亚特》，打成了越洋大战，说到底也不过是谁拐走了谁的老婆。

我不敢确定活在这个时代是否幸福，但我认为该时代必定可爱，它将像我们的童年一样被长久记忆和传诵。但事实上，春秋在我们心里只是一团混乱模糊的影子，似乎是，有人设法消去了我们的记忆，让我们忘记了那顽皮胡闹的童年。

该人据说是咱们的老师孔子。孔老师可能是春秋时代唯一的好脾气，他就像掉到强盗窝里的书生，苦口婆心地开导大家不要野蛮不要火气大，凡事都要守规矩、讲道理，结果当然无效，老夫子只好发愤作《春秋》：把你们这摊子烂事儿写出来，看你们羞也不羞！据说大家都羞了——"孔子成《春秋》而乱臣贼子惧"，但我怀疑这是知识分子的谎话，主要是为了吹嘘他们手里的那支笔是多么神奇。笔当然重要，商鞅、李斯、韩非之笔都是寒光闪烁的利器，但是还得有秦始皇把这锐利的笔化成兵马俑的剑，孩子不听话狠狠收拾了一顿，从此他们终于知道活在世上不服老大是不行的。然后到了汉武帝，名为独尊儒术，实则王霸杂用，收拾得更为细致，这帮孩子总算长大了、上道儿了、懂规矩了，被皇上恶骂只知道磕头了，说起春秋，也是一脸的羞涩和悔恨了：小孩子尿炕的事还提它作甚哩？如此岁月安稳，悠悠到了大明朝，皇上是家传的施虐狂，动不动就把大臣拖出去当众打屁屁，你看那些大臣，他们脸上挂着幸福的微笑……

## 抱柱而歌

　　那一日，也是天下太平，春和景明，齐国的国王顷公要接见外国使臣，例行公事，有章可循，按理出不了什么意外，偏顷公他娘闲得发慌，要在楼上看看老外。其实都是黑头发黄皮肤有什么好看，但这回也是巧，晋国的使者郤克是个罗锅儿，而"鲁使蹇，卫使眇"。礼宾司为了给王他娘凑趣，竟让人模仿罗锅儿、瘸子和独眼分别引导三位使臣进场。果然，王他娘笑了，左右一大群太太丫鬟积极陪着笑，一时花枝乱颤群莺乱飞，把三个使臣活活笑成了三把想杀人的刀。

　　——性质恶劣，后果严重。鲁、卫皆小国，只好忍气吞声，晋是超级大国，郤克又是个暴脾气，回国之时指黄河而誓曰：不报此仇，不涉此河！

　　齐晋关系由此急转直下，两年后，晋伐齐，四年后，晋再伐齐，郤克为主帅，穷寇必追，不依不饶，直到齐国服软道歉，天下暂且太平。

这场战争意义何在呢？就在于没人再敢对着郤克笑，郤先生所到之处大家赶紧把老娘关在屋里，把门窗锁好。这当然甚爽，大丈夫当如是也！不过别忘了，连年战争花的不是郤家的钱粮，遍地尸体中也没谁认识齐王他娘，郤先生固然讨回了他的"人格尊严"，但我们这些纳粮当兵的百姓啊，我们招谁惹谁了？

上回说到，春秋时人飞扬跋扈、血气方刚，很有个性也很有娱乐性，所以五四后的书生大多憧憬春秋，觉得那时的中国人活得最为舒畅。对此我当然赞同，如果谁惹了我我马上带一彪兵马拆了他的房子我也觉得舒畅。但这里边也有问题，首先是不可能人人舒畅，否则世上的房子会被拆光；其次，心情不爽就发动世界大战，挥霍别人的命、大家的钱，公报私仇也就是大私无公。所以，任何有点理性的文明都不能为了个人心情舒畅长期支付如此高昂的成本。春秋坑罢战国玩，玩到最后终于商鞅、李斯、韩非来了，秦始皇和兵马俑来了，孔老师的紧箍咒也生效了，索性大家都别舒畅了。

其实，关于齐王他娘侮辱人事件，别的解决办法不是没有，比如郤先生可以掷出他的手套，当场要求决斗，王他娘上阵不太靠谱，可由齐王代表。齐王要是觉得打不过人家，那就趁早道歉，如果武艺高，一刀杀了邵克，那么邵先生以生命捍卫荣誉，也算是好汉一条。

该办法当然还是野蛮，但相对于滥用公共资源去报私仇泄私愤，总是更为节省和体面。欧洲中世纪时该办法大流行，而且还真有两国国王为一点鸡毛蒜皮的破事儿抽刀对决的，两边的臣子们袖手看着，都明白这是他们二位私人的事，让他们自己解决为好。

但在我们这里，大家忍不住啊，有热闹一定要凑啊，要跟帖起哄围殴啊，这仗邵克想不打都不成，往后还怎么在江湖上混怎么维持人气啊！

关于这个问题，春秋时的聪明人也不是没想过。在著名的齐庄公遭捉奸事件中，晏婴就面临着有热闹凑不凑的艰难抉择。齐庄公与大臣崔杼的太太私通，肆无忌惮，居然就在崔家明铺明盖，又居然顺手把崔杼的帽子拿去送人。这要是放在后世，那崔杼大概率会躲出去窃笑，梦想着曲径通幽青云直上；但那是春秋，人的脾气大呀，崔先生一咬牙，设下埋伏。单等那日，庄公施施然又进了崔府大门，崔杼在屋里按住太太，这位多情的庄公啊——敲门不开，敲窗不应，他居然"抱柱而歌"！也就是抱着柱子唱情歌儿，情妹妹句句听得真当然还是不能出来。就在此时，崔家人把大门一闭，舞刀弄棒，杀将过来，庄公忙喊：我是王！人家答得也妙：

只听说有淫贼，没听说有什么王！

　　齐庄公就这么死了。他的大臣晏婴站在崔家大门外，听着里边的热闹，始终没动。人家问：你不是忠臣吗，你怎么不冲进去啊？晏婴曰："君为社稷死则死之，为社稷亡则亡之，若为己死，而为己亡，非其私昵，谁敢任之！"这话翻译过来就是，国王如果为公义而死而逃亡，大臣责无旁贷，必定追随，但为了这等偷鸡摸狗的破事，他死就死去，除了他的下贱奴才，谁也没义务跟着。

　　——这就是分清了公事和私事，也是因为分得清而保持了自尊。

# 纪念律师邓析

中国最早的职业律师应是邓析。

春秋时，子产当上了郑国的宰相。该先生有理想，他认为他知道什么是对的、什么是错的，他决心告诉人们如何正确地生活。这样的先生如果不得志，也许就成了孔子，后人对他指出的方向心怀向往；但子产不幸得了志，一朝权在手，便把令来行，头一件事，就是对付邓析。

此前郑国颁布法令，照例要写在牌子上，挂在城门口，这叫"悬书"。假设国王有一天忽然认为走路先迈左脚是不对的，应该禁止，那么好，他只需要写一句：行路左足先者，笞五十！然后挂出去。第二天，全国的老百姓抬脚之前就会捂着屁股反复思量。

这本来很好，令行禁止，可谓大治。但是偏偏出了一个邓析，此人有研究法律的爱好，而且生就一张铁嘴，如此的尖牙利齿必然是个人来疯。你看他，站在人群里，手指告示，摇头晃脑地评点：左足先者笞五十，那么只好右足先，可是右足落了地之后怎么办？不是还得左足先？照此说来，岂不是人人落地穿鞋就得被打屁股？

你看，本来一清二楚的事，让他一搅和，大家全糊涂了，郑国的百姓都不会走路了。怎么办？子产着手解决这个问题，他的办法是取消"悬书"，以后法令不再公示，官府说什么就是什么，比如你在街上忽然被捉了去打了五十板子，那么你肯定触犯了某条法律，至于是哪一条，你不要问，你如果问了你就触犯了另外一条法律，又得再打五十板子。

这确实也是个好办法，极大地提高执法效率，同时增强百姓对法律的敬畏。但是，新的问题又出现了，连挨几顿五十板子的倒霉蛋们屁股朝天被抬回家，哭爹叫娘之余想来想去，压抑不住对神秘的法律的求知热情，总得知道屁股因何而开绽吧，怎么办呢？找邓析去。

于是邓析家门口挤满了要求普法的百姓。如果邓析是个聪明人，他就会在他的铁嘴上挂一把铁锁，把钥匙扔到井里去，可是他的人来疯是必然要犯的，他口沫横飞如雨，告诉人家前五十板子是依据某一条，后五十板子是依据某一条，根据你的情况，前后五十板子都于法无据。

　　义务咨询倒也罢了，邓先生还公然收取报酬包打官司，这就俨然是后世的律师了。春秋时货币经济不发达，所以邓律师的收费标准是：大案成衣一套，小案只收上衣或者裤子一件。结果生意兴隆，客户蜂拥，我估计邓析他太太还得开一间店铺，把家里成堆的衣裳换成小米或者猪羊，至于换回那么多小米猪羊怎么办我就猜不出了。

　　但与此同时，郑国的民风不淳朴了。过去拉人进来打板子大家都是一声不吭，低眉顺眼像个太监，可现在呢，板子还没举起来，人家就喊，且慢！叫邓析来，说说清楚！然后就扯着嗓子大叫孩儿他妈，快借两件新衣裳找邓先生去！

　　于是，据《吕氏春秋》记载："郑国大乱，民口喧哗。"问题不解决不行了。宰相子产断然决定：杀邓析而戮之。把他杀了而且陈尸示众。

　　效果当然很好，再没人敢跟板子叫板，郑国从此大治。子产虽然没当成孔子，但是就连孔子都对他的成就赞叹不已，认为是在乱糟糟的春秋时代实行王道的典范。

　　在这个问题上，我不太同意孔子的意见。子产固然办成了事，但我们也应该纪念专门败事的邓析，这个招人烦的铁嘴，这个把法律带给民众并为此牺牲的人。

## 富贵如秋风，秋风愁煞人

公元前五六一年，杏花春雨江南。

吴王寿梦长吁短叹：季札贤啊季札贤！

诸樊听着，知道这话是说给自己听的，也知道自己该说什么，这些日子里，他已经把该说的话在心里说了无数遍。

千里之外，周原上，周太王古公亶父望着那个名叫昌的孙子："兴王业者，其在昌乎？"——老姬家能不能发，就看这孩子了。

大儿子太伯、二儿子仲雍互相看了一眼。这话他们听了很多次了，这孩子不是他们的孩子，是老三家的孩子。

有一天，太伯和仲雍消失了，再没有出现。

然后，古公亶父薨，大儿子、二儿子下落不明，怎么办呢？老三继位。老三薨，继位的正是昌，这便是兴周八百年的周文王。

我们知道了美好的结果，我们还想知道过程，司马迁综合各家说法，告诉我们事情是这样的：

太伯和仲雍商量了一下，咱爹的意思很明白，就是要让老三接班，碍着咱哥儿俩不好直说。做儿子的别逼着老人家为难，这个王不当也罢，咱走！哥儿俩收拾收拾，带了百十来人，艰苦卓绝向东去，到了如今的无锡、苏州一带。当地群众听哥儿俩一说原委，这是义士啊！立即感动得跪倒一片，做我们的王吧做我们的王吧。正是：天涯何处无芳草，爷到了哪儿都称王。哥儿俩也不用跟谁客气，立国号为吴，老大做完了老二做，而且入乡随俗，文身断发，把身上绣成九纹龙，长发剪成披肩发，发了张照片寄回去：看看，俺们都堕落成这样了，别惦记了。

这个过程和结果一样美好，它包含中国人所认为的政治行为中的重要美德：谦让。

周朝开国史上这段故事有力地表明了这个王族的道德高度，这是一群圣贤，活该人家统治天下。古人对此深信不疑，后来的注释家们还不过瘾，做了进一步的升华：太伯和仲雍逃出去是一让；听说太王死了，也不回去奔丧，这是二让；听说老三死了，还不回去，这是三让。一让二让连三让，古人之风，不可追也。

是的，古人之风不可追，如今的人都堕落成了小人，鸡蛋里挑骨头，见缝下蛆，恨不得世人都和自己一样小，我们对道德高度的想象力远不如我们对道德洼地的体会，所谓夏虫不可语冰，我这条夏虫对这个故事就颇有怀疑。

司马迁是在大地上走过的，他应该知道，从岐山县跑到无锡苏州去，现在也不是等闲事，三四千年前那更是近于找死的壮举。那时的无锡苏州可不是经济发达地区，那是天涯海角、蛮夷之地，此一去就相当于现在的某人冒着变成烤串的危险穿越到原始部落。当年的太伯和仲雍这一路狂奔，只有两种可能：一种是胸中的道德激情熊熊燃烧，给了他们无穷无尽的动力；另一种可能则比较理性——计算了各种因素和选择后，他们认为只有跑，跑得越远越好。实际上，那时的无锡苏州就在海边，要不是大海拦着他们应该还会继续跑，至于为什么跑，你和我都能想得到。

一个是激情，一个是理性，信哪一个随你。反正古人是信了激情。我们的古人对政治行为中的谦让有一种近乎病态的兴趣，他们特别乐于讲述和倾听此类故事，在这种故事中，似乎最高的政治道德就是死也不搞政治。比如著名的伯夷和叔齐，他们是孤竹国王的大儿子和小儿子。国王原想让小儿子叔齐接班，结果，爹一死，叔齐说，哥，您先请；伯夷说，no，no，no，弟，该你先。兄弟两个让啊让，菜都凉了，索性谁也不当什么鸟国王，结伴蒸发，遁往周国。后来，发现周武王是个不肯让的，不但不让还要抢，于是兄弟俩看不起他，义不食周粟，活活饿死。

种种迹象表明，太伯和仲雍并非这种政治厌食症患者，他们对统治人是有兴趣或很有兴趣的。两个人带着一群喽啰跑到吴地，其实就是武装殖民，那里的人就算是比较纯朴，应该也不至于马上选外人当村长，其间发生了什么，不可问，后人也不问。总之，相对于当地土著，周人既有先进生产力也有先进文化，枪杆子笔杆子都在手里，所以，我们现在听到的就是这样一个关于谦让之美德的故事。

故事高于生活，生活模仿故事。现在，当吴王寿梦如此慨叹的时候，诸樊知道，故事正在重演，吴王寿梦就是古公亶父，他自己就是太伯。

寿梦有四子，诸樊是长子，下有三弟，余祭、余昧、季札。现在，老爷子的意思是，越过排名前三的各位，直接让最后一位接班。

即使在道德高尚的古人那里，这也是一件极麻烦的事。古公亶父不好说，吴王寿梦也不好说，不好说不是不好意思，而是，任何人都明白，这可能意味着惨烈的变乱。古人不是傻子，好不容易想出立嫡立长的接班办法，不是不知道嫡子长子有可能是笨蛋而小儿子有可能是豪杰；古人只不过是明白，比坏规则更坏的是没有规则，相比于兄弟相残、家破人亡，不如选个笨蛋，反正岁月悠长，笨蛋总会死的。

但是，吴国的国情有所不同。这里有一个故事，这个故事被人深信不疑地传说了几百年，它成了一种道德范式，一种政治传统。对于三个哥哥来说，他们面前有无可争辩的榜样：太伯和仲雍。

于是，方案一：哥儿仨去种地，让老四直接继位。这个方案相当于让副总裁当董事长，让总裁、常务副总裁去扫厕所，显然不可行。

方案二：效法老祖宗，哥儿仨一块儿失踪。但吴地已是天尽头，还往哪跑呢？

而且无论方案一还是方案二，都有一个根本问题，就是老四季札，众所周知他是贤人，贤人的标志之一就是他谦让，他是叔齐，无论如何也不肯先坐下。逼急了他会比哥哥们跑得更快。

怎么办呢？那时的吴人都是死心眼，这事非办成了不可，为此他们进行了一次史上罕见的高尚政治实验，开历史倒车，重新实行兄终弟及的制度，目的就是为了让季札最终当上国王。也就是说，老大死了老二干，老二死了老三干，老三死了呢？老四想不干都不行。

哥儿仨商定：谁都不能有私心，都不能半路变卦，把王位传给自家儿子。当然，这个实验的前提是，季札必须比他们活得长——看起来，他们都认为这是不言而喻的事，而且他们每个人都采取了有力措施确保自己尽快死掉——不养生、瞎折腾，仰天长啸："怎么还不死啊！"

该实验流畅完美地接近于成功——直到老三离世。无论如何，我都认为这是人类政治生活中道德实践的非凡案例。特别是，从诸樊到余昧，他们三位都不是柔弱宁静的人，不是颜渊那种人，他们都是雄强的君主，暴躁、强悍、好战，他们内心必有强大的道德激情和严厉的道德禁制，以至于阻断了在王位继承问题上的贪欲和野心。

但终于还是出问题了。问题出在季札身上。季札倒真像后来的颜渊，他拒绝改变初衷，他坚决认为，通向道德完善的道路是单向街，没有转身的余地。当余昧死时，吴人奉上王冠，他看也不看，说了一句中国人后来常说但通常不认真的话：富贵于我，如秋风之过耳。

然后逃之夭夭。

吴人只好立余昧之子为王，是为吴王僚。

游戏玩不下去，忽然改了规则，平衡打破了，老大诸樊的儿子不干了：早知道这样，当初我爹死了就该是我呀，怎么也轮不到他！

　　这件事的结果，就是春秋史上惊人一幕：酒席上，刺客专诸藏剑于鱼腹，一剑刺死吴王僚。老人的儿子夺位自立，是为吴王阖闾。

　　事实证明，阖闾是吴国最伟大的君主。

　　人们有拒绝参与政治生活的自由，并且以极大的勇气践行这种消极自由，比如伯夷、叔齐和季札，但是，一个国家、一个政治共同体，必定需要它的成员或特定成员积极参与政治生活，并由此出发确立相应的规则。如果，这件事弄拧巴了，一个共同体、一个机构或公司以不想干、绝不干为原则选择领导者，那么，在最好的情况下，我们会看到令人高山仰止的道德实践，但在通常的情况下，我们要么发现伪君子和潜规则，要么准备迎接规则的崩溃。

　　——这么简单的道理古人怎么就不懂呢？孔夫子孟夫子怎么就不懂呢？倒真不是他们不如我聪明，而是他们看人性比我更透彻：伯夷、叔齐和季札之所以成为模范，恰恰是因为想干的人太多太多了，而规则又太简陋太薄弱了，没有选出最具欲望和能力的人的恰当规则，更没有制约和监督权力的规则，怎么办啊怎么办？只好教导大家，谦让一点，谦让一点。

　　富贵于我如秋风，秋风秋雨愁煞人。

# 鱼 与 剑

有白鱼在长江太湖，天下至味也。

白鱼至鲜，最宜清蒸。在下晋人，本不甚喜吃鱼，但酒席上来了清蒸白鱼，必得再要一份，眼前的这份自己吃，再来的那份大家吃，人皆嘲我，而我独乐。

读袁枚《随园食单》，说到白鱼，曰："白鱼肉最细。"这当然不错，但细则薄，而白鱼之细胜在深厚丰腴，所以也宜糟。袁枚又说："用糟鲥鱼同蒸之，最佳。或冬日微腌，加酒酿糟二日，亦佳。余在江中得网起活者，用酒蒸食，美不可言。"——不可言不可言，唯有馋涎。

总之，清蒸好，浅糟亦佳，至少到清代，这已是白鱼的通行吃法。

还有一种吃法，随园老人听了，必定大叹罪过可惜。那便是——烧烤。

　　苏州吴县胥口乡有桥名炙鱼，两千五百多年前，此地的烧烤摊连成一片。烤什么？不是羊肉串，当然是烤鱼。那时的太湖，水是干净的，鱼与渔夫与烧烤摊主与食客同乐。那时的吴人也远没有后来和现在这么精致，都是糙人，该出手时就出手，打架杀人等闲事，吃鱼不吐骨头。清蒸，那是雅吃，烧烤，恶做恶吃，方显吴越英雄本色。

　　这一日，摊上来一客，相貌奇伟：碓颡而深目，虎膺而熊背。"碓颡"解释起来颇费口舌，不多说了，反正中学课本里北京猿人的塑像应该还没删，差不多就是那样。该猿人坐下就吃，吃完了不走，干什么？要学烤鱼。

　　问：他有什么嗜好？
　　答：好吃。
　　问：他最爱吃什么？
　　答：烤鱼。

　　现在，谈剑。春秋晚期，吴越之剑名震天下。据专家猜，周太王的儿子太伯、仲雍两兄弟，从岐山周原一路逃到吴地，占山为王，同时带来了铜匠。彼时的铜匠是顶级战略性人才，价值不下于钱学森。几个陕西师傅扎根于边远吴越，几百年下来，肠胃由吃粟黍改成了吃鱼，吴越也成了特种钢——准确说是特种铜——工业中心。欧冶子公司、干将莫邪夫妻店都是著名的铸剑企业，所铸之剑，"肉试则断牛马，金试则截盘匜"。盘匜，就是铜盘子铜水盆儿，剑下如西瓜，一切两半儿。

当时的铸剑工艺，现在恐怕是说不清了。大致是，起个窑，安上风箱，点火之后倒矿石，再倒炭，再倒矿石，再倒炭，最后铜水凝于窑底，便可出炉、锻剑。

实际当然没那么简单，否则大炼钢铁也不至于白炼。矿石倒下去炼出精金，或者，铜盘子铜盆扔下去炼出废渣，办法一样，结果不同，这就叫运用之妙，存乎一心。那时不必写论文评职称，也没有专利费可收，心里的事古代的工匠死也不说。但古时大众偏就想知道，想啊想，中国式的想象终究离不了此具肉身。所以，据说，是炼剑师放进了头发、指甲，乃至自己跳进炉子去；当然，跳下去的最好是舒淇一样的美女才算过瘾。——据说有一出讴歌景德镇瓷器的大戏就是这么编的，真不知道他们还想不想卖餐具了。

我家菜刀，宝刀也。灯下观之，霜刃之上冰晶之纹闪烁，正是传说中的"龟文漫理""龙藻虹波"。倒推两千五百年，便是一刀出江湖，惊破英雄胆！春秋之剑，登峰造极之作，刃上皆有此类花纹隐现，"如芙蓉始出，如列星之行，如水之溢于塘"。我家菜刀上的花是怎么来的，我不知道，但专家知道；春秋剑上花是怎么开的，专家也不知道。

有周纬先生，专治古兵器史，逝于 1949 年，博雅大痴之士，不复再有。他老人家从印度的大马士革刀说到马来半岛的克力士刀，都是花纹刀，也都探明了工艺，而且据他推测，克力士刀的技术很可能是古吴越工匠所传。但说到底，大马士革刀和克力士刀乃钢刀铁刀，春秋之剑却是铜剑，所以，还是不知道。

人心不可窥，天意或可参。一日，有相剑者名薛烛，秦国人，远游至越，有幸观摩欧冶子出品之剑，其中一柄名鱼肠，顾名思义，剑刃之上，纹如鱼肠。

薛烛一见此剑，神色大变："夫宝剑者，金精从理，至本不逆。今鱼肠倒本从末，逆理之剑也。服此剑者，臣弑其君，子弑其父！"

该评论家像如今的学院评论家一样，论证是不要人懂的，但结论我们都听清楚了：

鱼肠，大凶之器也。

命里注定，它是鱼肠，它等待着君王之血。


吴王僚在位已经十三年，即位时他应已成年，那么他现在至少也该三十岁了。这一天，三十岁的吴王僚来找妈妈：

"妈妈妈妈，堂哥请我到他家吃饭。"

妈妈说：

"堂哥不是好人啊，小心点小心点。"

吴王僚可以不去的，可不知道为什么，他竟去了。也许他不愿让他的堂哥看出他的恐惧，可是，他同时又在盛大夸张地表演他的恐惧：他穿上三层进口高级铠甲，全副武装的卫兵从他的宫门口一直夹道站到他堂哥家门口。进了大堂，正中落座，前后站十七八个武士，寒光闪闪的长戟在头顶搭成一个帐篷。

摆下如此强大的阵势，仅仅是为了防守，真不知他是怎么想的，也许，一个弱点损伤了他的判断力：他爱吃鱼，爱吃烤鱼。他一定听说了，堂哥家里来了一位技艺高超的烤鱼师傅。

然后，那位北京猿人出现了，他端着铜盘走来，铜盘里是烤鱼，香气扑鼻。他站住，突然——

那是一刹那的事：他撕开烤鱼，扑向吴王僚，武士们警觉的戟同时劈刺下来，他从胸到腹豁然而开，肠子流了一地。

然而，晚了，吴王僚注视着自己的胸口，一柄短剑，胸口只余剑柄，剑尖呢，在他背后冒了出来。

鱼中有鱼肠，臣弑其君。

吴王僚此时是在心疼那盘烤鱼，还是在大骂进口防弹衣的质量问题？

刺客名专诸，主谋公子光，后者登上王位，改号阖闾。

专诸是先秦恐怖分子中最为特殊的一例。他没有任何个人的和政治的动机，他与吴王僚无冤无仇，他和公子光无恩无义，他的日子并非过不下去，严格来说，他是楚人，谁当吴王跟他也没什么关系。

他图什么呀，从《左传》到《史记》都说不清楚。东汉赵晔的《吴越春秋》中杜撰一段八卦，小说家言，于史无征，我以为却正好道出专诸的动机：

后来辅佐阖闾称雄天下的伍子胥，有一次碰见专诸跟人打架，"其怒有万人之气，甚不可当"，可是，后方一声喊：还不给我死回去！疯虎立时变了乖猫，跟着老婆回家转。事后二人结识，伍子胥笑问：英雄也怕老婆乎？专诸一瞪眼：俗了吧俗了吧，大丈夫"屈一人之下，必伸万人之上"！

他必伸万人之上，他也必屈一人之下。他一直在寻找那个出了家门之后的"一人"。未来的吴王阖闾使伍子胥这样的绝世英雄拜倒于脚下，他注定就是专诸要找的那人。

人为什么抛头颅、洒热血，有的为名，有的为利，更有为理念为信仰，但也有人可能仅仅因为，他在世间需要服从，绝对的服从，需要找到一个对象，怀着狂喜为之牺牲。

夏虫不可语冰。春秋之人太复杂，今人不复能解。

## 英雄要离

吴王阖闾恨庆忌，这种恨当然是有起因的。但是，我估计，到了后来，恨的起因已经无关紧要，吴王只是单纯、悲愤地恨着，这种恨让他的生活有了目标，那就是杀死庆忌。

吴王的臣民们也已经记不起老大为什么恨庆忌，他们更为悲愤地恨着，同时热烈地探讨杀死庆忌的种种方法。如果这些方法一一实行，庆忌已经死过 N 次。但庆忌还活着，曾有六匹马拉的战车追杀他，但他跑得比风还快，战车追不上他。他还是杂耍高手，迎着刺客射来的箭，双手翻飞，箭射完了，箭全在庆忌手里，一手一把。他安静地看着刺客，刺客们喷出数口悲愤的血。

就这样，一个名叫要离的找到吴王，他说：我能杀庆忌。吴王低下头看着要离——不低头不行，要离太矮了——吴王说："你，成吗？"

　　要离一挺他的小身板："大丈夫只要有胆儿，没个不成！"

　　于是，根据要离的诚恳请求，吴王杀了他的妻儿，焚尸扬灰，要离这个英勇的小男人逃脱了吴王的魔爪，投奔庆忌。庆忌当然收留了他，敌人的敌人就是朋友，而普天之下最恨吴王的应该就是要离。

　　庆忌想错了。庆忌最终斗不过吴王，因为他对人性的拧巴、混账缺乏领会。在长江上的一艘船上，当要离突然拔剑向他刺来时，庆忌肯定是一肚皮的不理解，幸亏他还没有失去传说中的敏捷身手，他一把抓住要离，咯嚓把他扔进江中。

　　接下来的事像一幕残酷的喜剧，要离被捞上来，晃晃悠悠又提着剑来杀人，又被咔嚓扔下去，如是者三回。最后庆忌撑不住了，长叹一声：服了你了，你走吧。

　　要离就这样回到了吴国。他没有能够杀庆忌，但吴王在一番严肃认真的思考后认为，要离的忠贞、勇气以及拿着老婆孩子去套狼的牺牲精神值得提倡，郑重决定把吴国分一块儿给他。

　　我估计，要离本来是想活下去的，否则他早就多喝几口江水把自己呛死算了，但如今吴王这么一褒奖，他想活也活不下去了，拔出剑来往脖子上一架——这回他总算干成了，他杀了自己。

要离，在古人心中是英雄，《吕氏春秋》在讲述他的事迹后评论道："要离可谓不为赏动矣。姑临大利而不易其义，可谓廉矣。廉故不以贵富而忘其辱。"意思是说，要离了不起，还知道人有脸树有皮，不肯没羞没臊地分一小块地盘去做土皇帝，难能可贵啊。

照此说来，我也同意要离是个英雄，不仅因为他有脸皮——当然我也担心他挂着这张脸皮怎么去阴间见他的老婆孩子——还因为，要离毕竟真的去选择、行动并且承担了后果。

# 其谁不食

上回说到要离，该英雄为了替吴王报仇，先杀了自己的老婆孩子。如此的英雄，历史上很有一些，比如战国时魏国的大将乐羊，统兵攻打中山国，偏他的儿子当时就在中山，也不知是做买卖还是留学，中山方面也没客气，把小乐按到锅里就给煮了，然后舀了一桶汤送给老乐。

老乐接汤，脸不变色心不跳，端坐在中军大帐一口一口地喝，喝光了一碗，抹抹嘴，传令攻城。

城自然是攻下来了，老乐的事迹传回魏国，魏文侯大为感动：老乐这是为谁啊，还不是为寡人、为魏国！

这时候一般应该是下面众人陪着感动，啜泣之声四起，但这回偏有个不知趣的，站出来说了句风凉话："其子之肉尚食之，其谁不食！"

说这话的叫睹师赞，名字甚怪，在战国史上根本不算个人物，但是他应该永垂不朽，因为他说了句人话。

人类之所以直立行走，我认为主要是为了腾出两只前爪打架，但如果我们只会打架，最后两个人恐怕在五万年前就已互相干掉了。我们伟大的祖先在打架之余还冒出了一个多少有点奇怪的念头：我是人，不是狼、虎或者鹰。在千万年的冲突、仇恨、生存竞争中，一些人可能比狼、虎或者鹰更为凶残，但那个微弱而高贵的念头在另一些人心中未曾泯灭：我是人，所以，有些事我不能做。如果我的对手愿意成为更强大的野兽，那么好吧，我仍然要做一个人。

乐羊如果抱着那桶汤哭死过去，那么他是一个人。当然，做一个人的坏处就是暴露了自身的软弱，暴露了他原来竟有不得不坚守的底线或者叫弱点，而乐羊认为他必须强大，比他的敌人更野兽，更无所畏惧，于是，他不再是父亲，也不再是人。

这厮差点儿就因此成了"英雄"，幸有睹师赞揭破了问题的实质：一个心中没有基本界限的人，一个放弃了人之为人的基本立场的人，其谁不食？什么坏事干不出来？

——明摆着的道理，何以魏文侯和众人都没有想到？因为他们心中都有更为远大的目标，他们认为有些事是大的、重要的，为了达到无可争议的大目标，一个人怎么干都是对的，目的的正确保证了手段和过程的正确，邪恶由此变成了美德或者气概。

对此，咱们的古代圣贤一直有不同看法，儒家讲齐家治国平天下，就是说甭管多大的事儿，先从爱你的父母妻儿做起。这种自小而大一以贯之的标准当然很刻板，而且也容易憋出伪君子，但至少可以防止"其谁不食"的恶魔。

绕来绕去，不过是说，人在任何情况下都应该说人话，办人事。这很难吗？我看难。比如最近乱翻字典，发现一个表明人类基本生殖动作的字居然没有，我理解了半天，可能编者认为这件人事很不雅观，那么好吧，换一本词典接着翻，却赫然就看见了"食肉寝皮"——这肯定不是人对人应该干的事儿，但我们雅正的学者们却觉得它比前边那个被删掉的字更为体面。

# 绳 与 笑

　　楚灵王死于公元前五二九年，绳子挂在树上，灵王挂在绳子上。

　　把脖子伸进圈套，这使他的一生看起来像是一部庸俗小说：完美的、过于完美的戏剧结构。从圈套圈住的一小片虚空中，他是否看见了，十二年前那张窒息扭曲的脸，那双水泡一样慢慢鼓起的眼睛，那条色彩斑斓的冠缨？

　　就这样，灵王的故事从一个圈套开始，结束于另一个圈套。十二年前，他手边没有绳子，他摘下了头上的冠缨，而最后他终于得到了绳子。

　　那时，他还叫公子围。请相信，他的父亲楚共王给他取这个名字纯属偶然，并非为了预示某种命定的封闭或者阿Q的圆、上吊的圈。作为执掌朝纲的楚国令尹，公子围正在出访郑国的路上。他喜欢出访，就像孩子期待过年，但是现在，他不得不取消行程，楚王病了，他要赶回郢都探望亲爱的侄子。

待卫照例收去了他的剑，然后，在幽暗的、烛影摇红的内殿，公子围注视着他的侄子，这个病弱的人，他根本不能承担领导伟大楚国的重任，领导楚国的人应该有猛兽的利爪，看看吧，他的手多么瘦削苍白，他像一只病鸡，让人看了简直忍不住生气。

公子围手如利爪，但是，他宁可用绳子，或者长缨。

灯灭了。

旧王死，新王立。


史家记载了灵王在位期间的几件大事。包括兼并陈国和蔡国，灭蔡的办法是，邀请蔡侯进行国事访问，把他灌个烂醉，一刀宰了。

真正的大事，是举办了一次诸侯盟会。那是春秋时期的首脑高峰会议，只有公认的老大才能发帖子请客；反过来说，请过这么一次客，才算验明正身，确认了你是老大。也有那小椽子强出头的，帖子发出去别人不肯来倒也罢了，还把真老大给惹了出来：听说你也要办盟会，爷来凑个热闹，带的人不多，二十万人马！客没请成，场子让人家踹了。

所以，办盟会，不是小事，是大事，灵王对此高度重视，举全国之力务必办成办好。结果，晋国——那时与楚国旗鼓相当的大国——不来，晋不来，宋、鲁、卫也不敢来，但还有齐国，还有郑国，陈蔡那时还没有灭，后面这三个全是向楚国交保护费的，不敢不来。总之，会议隆重举行，各国首脑杀了牛喝了血，对天发誓讲道德、不打架。

办成了这件大事，灵王认为世界与江湖不过如此。数年后，他和大臣子革就此进行了一番探讨。灵王很认真，子革很严肃，但左丘明和司马迁忍不住狂笑，赶紧把这次谈话记下来，传诸后世，永为笑料。

灵王：我家老祖宗，三百年前和齐晋鲁卫他们一块儿给周王卖命，周天子赏了他们不少宝贝，偏我楚国没得着东西。我打算派人向周王要个鼎，你说他给我不？

子革：不给是不可能滴！周王如今和齐晋鲁卫一样都听咱的，要个鼎又不是要命，他不能舍不得。

灵王：郑国的许地，那是我家老祖宗住过的地儿，我想朝郑国要回来，你说他能给我不？

子革：周不爱鼎，郑安敢爱田？

灵王：过去诸侯都怕晋不怕我，现在咱楚国，超大城市好几个，城墙高到半天里，你说诸侯怕我不？

子革：怕呀！畏哉！

灵王大悦：子革善言古事焉！有学问，懂历史！

灵王走了，灵王的跟班析父急了：子革子革，你丫也算咱楚国的精英专家，说话怎么跟应声虫一样，你这不是把楚国往沟里带吗？

子革脸红了没？史上无载。

以上是灵王的自我感觉，显然甚好。至于别人对他的真实感觉，不到活不成的时候是不会说的。所以灵王不应该把人逼得活不成，但问题是他的感觉那么好，别人活不活他真的想不到。做了老大，就要走向天下，天下有多少不仁不义的事等着他管啊，比如齐国，就有崔杼和庆封犯上作乱，杀了齐王；崔杼和庆封要是把事利索办成了倒也没人管了，偏还没办成，庆封拉家带口地逃到了吴国。这样，灵王就不能不管了，既教训吴国，又伸张正义，为什么不干？

于是，发兵入吴，抓了庆封，灭他九族，把庆封绑在广场上，准备开刀。灵王发表演讲：这里，站着一个罪人！这个人杀了他的君王！天下人千万不要学他，天下人要记住，这就是弑君者的下场！

但是，有一个小小的失误：没堵上庆封的嘴。眼看自己和家人就要变成一堆肉，庆封还怕什么呢？不说白不说了，扯着嗓子大喊：

说得对！要像公子围那样，杀了他的王自己称王！

广场上，除了灵王起码还有几万士兵，就算没有麦克风，庆封的叫嚣大概也有上千人听到。但是《史记》和《左传》对这上千人的反应不着一字，似乎他们都没带着耳朵，果真如此，在下倒不得不佩服灵王，这才是真正的老大。但是，《谷梁传》中一句话打破了寂静："军人粲然皆笑。"

不是哄笑，不是哈哈大笑，当然不是；是粲然之笑，无声的，却是会心的，是像风一样传染的，几万人，粲然笑。

总的看，灵王和很多成功人士一样，是单纯的人，单纯到只知"我要！我还要！"——曾子一日三省吾身，而灵王呢，照这样下去，他一辈子都不会省一次。他确实不曾想到他和庆封其实犯下了同样的罪，但这时，他应该看到了众人的笑，他们笑什么？他们居然笑！如果我是灵王我就把这几万个笑用几万把刀从世上抹去，他们的笑是暴动是反叛，他们以窃笑结成恶毒的同盟，而我，在这几万人对面，成了孤零零的一个人，成了那个被笑的人！

我当然不会把他们统统杀掉，那样就没有了杀人的人，我会把庆封请到台上，然后，我要让几万人中的每个人冲到台上，把唾沫吐到他的脸上，高声宣布他的话是谎言，是欺骗！所有的人，他们必须自己把刚才的笑在众人面前抹去，他们吐到庆封脸上的唾沫实际上是落在自己脸上，那肮脏的液体会逐渐激起真实的愤怒，会使每一个人亢奋起来，使他深刻地意识到，比什么都重要的是，他应该站在我这边。

但是，那天，灵王慌了，他只是歇斯底里地大叫："杀了他！"

庆封的脑袋滚落在地上，那张嘴还在无声地笑，牙齿甚白。

这是公元前五三八年的事，"善言古事者"都看得出来，这是一个关键时刻，灵王此时此刻已经决定性地走向了九年后挂在树上的那根绳子，不是因为他的罪被说出，而是因为他对那笑竟无能为力，就像一个被世界戏弄的孩子。

是啊，《皇帝的新衣》里有两个孩子，一个是说出真相的孩子，一个是被欺骗的国王。

## 变成人的王

上回书说到，灵王很单纯，爱热闹、爱打架、爱听奉承话，基本上和我家的猫一个脾气。这样一位猫王，若是蕞尔小国，不够他几天折腾的。所幸他生在楚国，大国也，但大国这样下去也会崩盘，什么时候完呢？郑国的子产断定：不过十年。

这个预测是左传昭公四年、公元前五三八年做出的，那正是灵王意气风发的一年，但读历史有一大好处，就是且看你起高楼，只管往下翻，翻过十几页，已经楼塌了，昭公十三年，灵王败死，正好九年。

那时的郑国是小国，而且也没什么希望变大，但子产却是小国的大人物，冷眼看大国的小人物，说出话来高瞻远瞩："吾不患楚矣。汰而愎谏，不过十年。"

所谓"汰"，其义同侈，倒不仅仅是敢花钱，还有一层意思是轻率。我们这位灵王，有时想起事情来不像是活在春秋，倒像是活在网上。比如晋国，当时是一大强国，处处和楚国作对，灵王即位后双方从男女入手缓和关系，晋公把闺女嫁给灵王做儿媳，派了两位大臣吹吹打打一路送亲到楚。灵王灵机一动，连夜开会："我最恨的就是晋国，只要能爽能出气，管他三七二十一。现在这两个大臣，我打算，一个剁了脚让他给我当门房，一个割了那话儿留在后宫，你们看成不成？"

没人说话，估计是全呆掉了。幸亏站出一个不省唾沫的，反说正说道理说了五车，总算让大王明白，咱这是办喜事不是打冤家，打冤家也不是这么个下作打法。那两个晋国大臣，一个便是韩宣子，三家分晋时韩国的祖宗。这回若真让一刀割了，战国七雄大概就少了一雄。

由此可以看出，灵王属于统治者中的一个特殊种类，他们兼秉邪恶与幼稚，他们会伤害很多很多人，但那并非出于深思熟虑的恶意，而是由于缺乏现实感——对他人的感受麻木不仁，对世界赖以运行的常识一无所知。

这样的活宝应该送进幼儿园或精神病院，但他偏偏就坐在王位上。直到有一天，他发现所有的人竟都是他的敌人，他迷惘地、无限委屈地问道："我对你们做了什么？"

那一天在昭公十三年，公元前五二九年，很可能是黎明时分，灵王走在军营中。这座军营昨天还住满了他的将士，可是——天渐渐亮了，现在，这里是死寂的废墟，没有人，每一个营帐都是空空荡荡。

灵王的表现会像任何一部庸俗电影一样庸俗，他会转过身来，对着仅剩的几名侍从吼叫："人呢？人呢？！"

人都跑了，都跑向了他的敌人。他的敌人在几天内就遍地皆是，包括被他赶出国去的弟弟子比、子皙，他一直信任、委以大权的弟弟弃疾，他们趁着灵王统兵在外，占领了都城。今日的楚王已是子比，新王的命令已经抵达军营："先跑回来的无罪，回来晚的倒霉。"——此时，在灵王与新王之间的几百里道路上烟尘滚滚，数万楚军将士正在展开疯狂的长跑比赛。

灵王被扶上车，又一头栽下来，因为，直到他上了车，侍从才吞吞吐吐地告诉他，他的儿子已经被叛军杀了。

灵王渐渐苏醒过来，史家们注视着他，人们注意到，他在流泪，人们忽然发现，他的泪不是一个国王的泪，是一个父亲的泪。

然后，灵王说了一句话："人之爱子亦如是乎？"

别人也像我这样爱儿子吗？

这句话是灵王一生的真正起点。在此之前，他竟从来没有意识到他人也是和他一样的人，他从来没有在人与人的水平上与人相处，他只是个王，不是个人。

现在，他知道了，这世间有多少被残暴的权力剥夺生命的人，就有多少流血的父亲之心："余杀人之子多矣，能无及此乎？"

这个人，现在站了起来。就这心念之间，如果春秋有佛，他已落尽青丝。

侍从问：咱回都城看看形势再说？

不。

要不就占住城池，咱向外国求救？

不。

那就索性流亡海外？

不。

几个侍从想了想：那您歇着，我们也得赶路了。话音未落，哥儿几个脚踩风火轮，绝尘而去。

这个王现在成了一个人。他无处可去，"独彷徨山中"。他在两千五百年前南方的莽莽山野中走着，是无所信无所依的孤魂野鬼。他碰见了一位昔日宫中的仆役，两个人坐在路边，他说："我饿，我三天没吃饭了，给我口吃的吧。"仆役说："新王下令，有追随大王的，罪及三族。再说，这荒郊野外的，到哪儿找吃的呀。"

无言。他渐渐昏睡过去，头枕着仆役的腿。然后，他醒来，头枕的却是一块土块。

据《吴语》记载，这个饥饿的人最后一直在艰难爬行，直到另一个人远远向他走来，把他扶起，背着他走向自己的家。

这个人名叫申亥，多年前，楚灵王放过了他的父亲——一位铁面执法的官吏，现在，这个儿子决心收留这个老人。

这个曾是王的人，他很可能忘了他曾经做过这样一件事，他也忘了他曾经是王。那天，他走向那棵树，把绳子挂上去，那时他感到，此一生，只有眼下这件事是真正为自己做的，也只有眼下这件事值得做。

但事情没有结束。在都城，从灵王的暴政下解放的欢呼已经消散，现在，报上网上的标题是：《灵王下落不明！》《灵王藏匿山中，待机反攻》《灵王的部队正在接近都城！》。

消息越来越多，气氛越来越紧张，在那场大规模长跑比赛中领先的人们开始后悔，而落后的人们开始庆幸、开始盼望。

夜里，长江之上忽然出现几艘点着火把的快船，倏忽来去如载着幽灵，凄厉的喊声从江上传向惊恐不眠的城池：灵王至矣！灵王来了！

城内大乱。有人急匆匆冲进王宫：大王杀回来了，快走吧，来不及啦！

　　新王子比和弟弟子皙听着宫外越来越近的喧哗，他们似乎看到，愤怒的浩大人群正向王宫涌来。明天，在王宫前的广场上，国民正为灵王的归来而欢呼，国民是多么爱灵王，他们像灵王一样天真、邪恶、多变。

　　这两个神经脆弱的人，吓坏了，自杀了。

　　然后，那个一直隐在暗处的人——弃疾站了出来，登上了王位。原来他是那快船的主人，他是新闻发布者，他现在宣布：灵王确实死了。他找到一具无名尸首，为灵王举行了隆重的葬礼。

　　这位新王就是平王，后来被伍子胥掘棺鞭尸。当然，这件事他自己永不会知道。

# 桑树战争

风云突变，两个娘们儿开了战。

主题是，哪个烂肠子下作小娼妇偷采了我的桑叶，让她家的蚕死光光、生个孩子没屁眼！

云云，云云。

天不变，道亦不变。有些事像头上顶着天一样，现在如此，两千年前亦如此。比如，女人打架的方式。所以，这一战的战术不必细表，总之是言词迅速升级为肢体，揪头发、挠脸、抓奶子、张嘴咬，等等等等。

那棵桑树沉默着，它是战争的根由，是它挑起了人类永恒的愤怒和激情。它当然只是一棵桑树，可是它长得不是地方，它正好就站在吴国和楚国的边界线上。这棵满是鲜美桑叶的树立在那儿，对于两千五百年前勤于桑蚕事业的吴妇女和楚妇女来说，那就是一口油井。于是，这棵树归吴或归楚，就成了必须用牙和指甲解决的问题。

总之，在某个清晨，吴妇女或楚妇女赫然发现，那棵树上的叶子竟然都被采光了！谁干的？当然是卑鄙的楚国人或吴国人干的！

女人之间的战争只是序幕，这些女人真正的杀伤性武器是她们的男人。孩子他爹啊，你个死鬼啊，我怎么就嫁了这么个软蛋啊。

软蛋不得不硬起来，拳头和锄头齐出，到当天日落时分，楚方大胜，灭了吴方满门。

这也不是什么新鲜事，两千多年间，为了争夺生存资源，甚至为了赵家狗看了我一眼，宗族械斗打得鸡飞狗跳可说是无日无之。但现在，问题不是张家和李家、东村和西村，问题是，吴国和楚国。

于是，问题不可能不了了之。事态迅速升级，那时没有电报没有手机，那时的干部也没有事事请示的习惯，吴国地方官二话不说，发兵越界，把对方一个村屠得鸡犬不留。

这就叫边境冲突。在此之前，这件事和历史无关，等于没有，在此之后，再不来看热闹还算什么史家！史家之笔嗜血，他们对人类事务重要性的判断基本上是以出血量为准，司马迁眼看着血流漂杵，直写得大珠小珠落玉盘：

"卑梁大夫怒，发邑兵攻钟离。楚王闻之怒，发国兵灭卑梁。吴王闻之大怒，亦发兵，使公子光因建母家攻楚，灭钟离、居巢。楚乃恐而城郢。"

这段文字见《史记·楚世家》，有兴趣的自己找来看，在下就不讲解了，总之，桑树之战演变成了吴楚之间的大规模战争，而吴方占了上风。

太史公这寥寥一段文字堪称寸铁杀人，胜过在下两千字，胜过电视评论员半个月的口水。"怒""怒""大怒"，战争不断升级源于怒气不断高涨。而最后一个"恐"字，辣如后世楚人嗜吃的辣椒，直道出人之轻浮、易变。人之怒有时是出于尊严、豪情，只可惜它差不多像爱情一样不能持久，一转眼，不过失了边境两城，就慌慌张张在首都大修工事，莫非堂堂楚国，都城之外都不打算要了吗？还是大人先生们只想着守住自家的豪宅？

关于桑树之战，《史记》和《左传》说法互异，比照起来看，似乎是太史公只顾了笔下爽利，把前现代的一场战争写成了间不容发的闪电战。其实那时，消息传得慢，又没有高速路，调兵遣将更慢，一场战争如同又臭又长的连续剧，从"怒"到"恐"，怎么也得大半年，其间必定还发生了很多事，太史公嫌麻烦，全给省了。比如吴国打钟离，是地方官员自作主张，烧杀抢掠出了气，应是撤兵而还。这边楚王怒了，又去灭卑梁，灭了卑梁就该想到吴王会大怒，但楚王偏偏想不到，或者想到了，他以为他能摆平，摆平的办法就是，率领舰队，浩浩荡荡，沿着吴国边界巡游，顺便还访问了越国，与越王举行了亲切友好的会谈。

——这一套办法，古今也没什么变化，这叫武力威慑，这叫建立战略同盟。很好很给力。但是不管什么时候，总有人说不中听的话、说风凉话，也没人请他上电视，但他就是忍不住要说。比如当日楚国就有这么一个讨厌的，名叫戍。戍先生冷眼看天下，发了一通议论：

咱们楚国到底是想打呀还是不想打？是想大打还是想小打？真要想打就别这么敲锣打鼓的，你当打仗是唱戏啊？咬人的狗不叫，会叫的狗不咬，摆出个架势来可又没真想打，那就是找打："吴不动而速之，吴踽楚，而疆场无备，邑，能无亡乎？"

当然，戍先生的话没人听。结果，吴王大怒，大怒是真怒，不是发个帖子洗洗睡，不是严正声明，是深思熟虑的决断，是翻腾血气化为钢铁意志，是豁出去了、全押上了、不要命了！楚王的武装公费旅游即将圆满结束，而就在此时，吴军从后面扑了上来……

讨厌的戍先生又说了：

大王这么一折腾就丢了两座城，咱们楚国经得住几回这样的折腾？"亡郢之始于此在矣！"

　　是的，一切刚刚开始，从一棵桑树开始，十一年后，吴军攻入楚国都城。

　　那棵桑树，现在归吴，然而争桑之人死光光，采桑之歌不复闻。

## 伍子胥的眼

伍子胥过昭关，一夜白头。

我认为，这是中国精神史上一个被遗忘的重要事件，昭关下飘飞的白发决然地划出了界限：这边是红尘、是黑发，那边是荒原，是孤独的英雄。

司马迁的《史记》，至今不可企及，那是最壮丽的汉语。读《史记》读到《伍子胥列传》，只觉风云激荡，鬼哭神惊：

"抉吾眼悬吴东门之上，以观越寇之入灭吴也！"

——伍子胥横剑自刎。他那双圆睁的眼真的悬在城门上了吗？他的诅咒如判决、如天罚，这个两千多年前的楚人，他看见了什么？仅仅是越王勾践那支卑贱而阴险的大军？

在司马迁笔下，伍子胥一直在狂奔，在逃跑，在追逐，他没办法停下来，让上级喜欢，让朋友高兴，让世界舒适地接纳他，他永远搞不好一切关系，永远不能苟且将就，永远怒气冲冲，时刻准备拔剑而起，投入殊死的战斗。

——这样的家伙真叫人受不了啊，咱们的古人不是说了吗：皎皎者易污。你穿一身白衣行走江湖，怎么会不沾上泥点子？况且空气污染还那么严重。

伍子胥却偏要白着，结果呢？生生把自己逼白了头。他不宽恕别人，也不宽恕自己——说这话时，我想起了鲁迅，我想啊想，可惜也只想起了鲁迅，中国人中也许只有他能和伍子胥为伴。

而伍子胥其实是不需要伙伴的，他不会扎堆儿，不会人来疯；他的心中也没有上帝，没有天道，没有可以壮胆儿的大词。他是英雄，一个人孤独地做出选择，在战斗中承受自己的命运。他对"英雄"做出了空前绝后的定义，他是绝对的"个人"。

——于是，伍子胥那双幽深的眼睛看着我们，两千年的孤独，三千丈的白发……

# 哭 秦 廷

伍子胥与申包胥相遇于途。

此时之伍为孤魂野鬼，无家无国，无法无天，唯余此身、此心、此剑。此时之申仍是楚国高官，他拦住了他的朋友，这个正被追杀的逃犯。

伍子胥：楚王杀我父、杀我兄。告诉我，我该怎么办？

申包胥长叹：走吧。

申包胥让开了路。伍子胥不动，他要自己回答刚才的问题：

我与楚，不共戴天！必要灭楚报仇！

申包胥：子能亡之，吾能存之；子能危之，吾能安之！

多年前，与影视界的朋友闲谈，忽然想起伍子胥，为什么不拍伍子胥呢？那是中国最具悲剧感的英雄。

那天晚上，喝了很多酒，我们在亢奋的眩晕中描述和想象伍子胥一生中的每个场景，包括他与申包胥的这次相遇。那根本不需要古道夕阳，这两个人，站在那里，就是莽莽苍苍，天何高兮地何远兮。

当然，酒醒了，这件事没有了。我至今为此庆幸，至少，伍子胥还留在黑暗中，他不至于被我辈浮浪之人狠狠糟践一遍。

如今的人，怎么会懂伍子胥。

伍与申的相遇，敞开了中国人伦理生活中的一道深渊：家与国与此身，中国人一直对自己说，这是一体的，是一回事。但伍子胥发问，现在，不是一回事，怎么办？申包胥也知道那不是一回事了："吾欲教子报楚，则为不忠；教子不报，则为无亲友也。"我们所信奉的某些根本价值有时会水火不相容，怎么办呢？大路朝天，"子其行矣"。

就在那一刻，两个朋友都做出了决然的选择，从此不中庸、不平衡，不苟且、不后悔，伍子胥孤身一人从此成为楚国的死敌，而申包胥，他决心以一己之力从他的朋友手中拯救楚国。

这样的朋友、这样的人，春秋之后不复见。他们把圣人、儒生、知识分子都逼上了绝境，对这样的人，我们无从判断，无话可说，怎么说都只是露出了小人之心。他们凭着血气冲出了我们的边界，任我们的智慧、我们精致的啰唆兀自空转。

　　血气，是我们完全不能理解的东西。在电影《赵氏孤儿》中，血气翻腾的复仇已被小知识分子小市民的多愁善感彻底消解，而读一读马克思对普鲁士的分析你就知道，多愁善感和歇斯底里是一个硬币的两面。这枚硬币在网络时代疯狂旋转，但永远不会有意外发生。

　　血气是危险的，是人类生活中永远被处心积虑地制约和消弭的力量。这血气并非脆弱的歇斯底里，并非匹夫的冲动，并非躲在安全处骂人或发出豪语，而是一个人，依据他内心体认的公正和天理，依据铁一般的自然法做出的决断。从此，他绝不妥协，他决然变成了真正的"一个人"，他不再顾及关于人类生活的任何平衡的法则或智慧，他一定会走向绝对、走到黑。

　　这样的血气注定会严重危及共同体的秩序，亚里士多德早就深刻地注意到这个问题，他对血气的看法非常犹豫，他不能否认这是一种重要价值，但是，他又审慎地提出，人有必要节制他的血气。而孔子同样告诉我们，血气和欲望都会把我们带向极端，带向悬崖，必须执两用中，牢牢站在稳妥的地方。

是的，我完全同意。但是，我怀疑亚里士多德和孔子能否说服伍子胥。在那条路上，他只能听凭血气的指引，面对庞大的、专横的、不义的、非理性的暴力，他只能做出一个人、一个猛兽必会做出的反应，就是孤独地、以牙还牙地反抗。

但现在要谈的是申包胥。和伍子胥分手后，他一直等待着那一天，他知道，那一天终究要来，他在漫长、恐惧的等待中甚至期待着那一天的到来。

这一天终于来了，伍子胥率领着复仇大军攻破了楚国的国都。楚国面临覆亡。

然后，在千里之外，秦国的宫殿前，申包胥一瘸一拐地走来，他就是一个乞丐，他张开双手，一无所有，他要的是他的楚国。

就这样，他站在宫门的墙边，哭。

这是什么样的哭啊，申包胥哭了七天七夜！

能让一个人在家门口连哭七天，这家子不是残忍就是迟钝。此时当家的秦哀公爱喝酒、爱美人，当然不爱管门外的事。但是哭到第七天，便是铁石心肠的秦人也禁不住了，把哀公架起来，一五一十备细一说，哀公真是哀了，他感动了，这是模范啊，榜样啊，咱秦国咋就没这样的臣子呢？说得左右全都膜眉搭眼，自恨多事。他再喝一碗酒，一发愤就作了一首气壮山河的诗：

岂曰无衣？与子同袍。王于兴师，修我戈矛，与子同仇！

——别哭了别哭了，大王答应出兵了！

哭秦廷，是外交史上的奇迹。申包胥不竭的泪水，正是源于血气。机巧和计较是无用的，巧舌如簧是无用的，申包胥只是把自己交出去，把血泪交出去。

他果然救了楚国。


再无申包胥，因为人越来越聪明。

下面举聪明之一例。

战国时，楚攻韩，韩向秦求救，派了使者名尚靳，照例说了一篇唇亡齿寒的大道理。此时，秦国当家的是宣太后，该太后年轻守寡，想必是风韵嫣然，听了汇报，召见尚靳，说了一篇话可谓外交史上的经典：

"小女子我伺候先王的时候，那死鬼睡觉不老实，老是把大粗腿压我身上，受不了啊受不了。可是呢，有时候，他整个人都压在我身上，我倒不觉得沉了，我舒服我爽，你说说，这是怎么回事？"

尚靳是已婚男子，岂能不知是咋回事？还以为这太后要拿他煞火呢，正扭捏着，太后接着说了：

"因为，少有利焉，有甜头啊。发兵救韩，光军费一天也得花销千金，小女子我当家不易，总得得点甜头吧？"

尚靳知道，哭没用，只好回去，筹款，数钱。

# 独不可以舍我乎

古时，越人活动于今之浙江，卧薪尝胆，施美人计，给人的感觉是比较深、比较忍、比较狠。这群狠人原来也曾生猛天真，断发文身，不高兴就杀人。比如有一段时间，越人热衷于一项有趣的活动，就是杀他们的国王，杀了一个又一个，连着杀了三个。杀国王这件事不算有趣，有趣的是，杀完了一个，兄弟们消了气，又开始着急，没有国王怎么行？于是连忙张罗着再找一个。

显然，越人的国土基本上是养来杀的，近似于家禽家畜。于是，有任职资格的人们惶惶不可终日，生怕有一天大家伙儿呼啸而来，宣布他是王。就这样，第三个倒霉蛋又被杀死了，消息传来，一个名叫"搜"的王子掐指一算，这回怎么着也该轮到我了。谁都不想当家畜，搜也不想，于是开了后门，一溜烟上了山藏进了山洞。

但是，该王子的名字就没起好，他偏偏叫"搜"，他要叫"溜"，事情或许就不至于像后来那样。越人杀完了国王，第二天一觉醒来，心里空空荡荡，果然就成群结伙地跑来拥戴王子搜，进门一看，新王跑了，这还得了，搜！

于是就搜。当然很快就搜到了，一群"粉丝"呼啦啦跪在山洞口，苦苦哀求：

出来吧出来吧，我们的王我们的哥哥我们的偶像！

但王子搜躲在山洞里，千呼万唤不露头。渐渐地，越人的暴脾气又上来了：不出来？好，架上柴火，熏他！

这些可爱的越人也不想想他们的新王很可能会变成熏肉，他们只是想要一个国王，这卑微而真诚的心愿怎能得不到满足？

当然，王子搜出来了，换了我我也得出来，人群向他欢呼，他被架上国王华丽的马车，没人征求他的意见，问问他想不想当国王。他已经是王。

可怜的"搜"，他孤立无援地站在车上，"仰天而呼曰：'君乎，独不可以舍我乎？'"。那意思是：老天爷呀，你咋就偏偏不肯放过我呢？

——这个故事载于《吕氏春秋》，我们的相国吕不韦大人由此得出教训曰：人不可以国伤其生。就是说要是需要搭上一条小命，那么给你个国王也别干。

　　这种鸡贼"顺生论"如今大行其道，我对此无话可说，只能祝大家长命百岁，好好活着，别费心去想活着值得还是不值得。但就王子搜来说，我觉得吕大人是误解他了，他其实不是怕死，他的逃避和挣扎包含着一个问题：我能不能自己做自己的主？能不能按照自己的真实意愿生活？能不能"自由"？

　　这实际上就是个日子值得不值得过的问题。当然，对王子搜来说，结论是不能。那么也就只得好死不如赖活着了。

　　所以，在古代中国，悲剧是有的，就在王子搜绝望的"仰天而呼"当中。

# 谎言饲养的王

　　燕将乐毅率六国联军攻破齐国，齐王逃到卫国。该王是个想得开的，据史载，在逃亡中他的肚子整整胖了三圈儿，因此，他在卫国的主要工作除了吃和睡，就是散步减肥。一日，该王走得乏了，坐在石头上发呆，忽然就想起了他的国家——此时的齐国只剩下两座孤城，临淄王宫里的宝贝被抢个精光，更不用说生灵涂炭、百姓流离。不过伟大的王不会考虑这些琐事，他不想则已，一想就是大问题：历史的经验教训。

　　于是，齐王发了一会儿呆，忽然对身边的大臣公玉丹说："我已亡矣，而不知其故，吾所以亡者，果何故哉？我当已。"——我到底为什么落到这步田地？告诉我吧，我一定改！

　　王的语调是诚恳的、亲切的，都有点可怜了，公玉丹实

在是不能不说点什么了，如果不说简直就是对不起他的王
了。于是，该大臣整了整衣冠，豁出去了，这回真的要掏心
窝子了——

"王之所以亡也者，以贤也。天下之王皆不肖，而恶王
之贤也，因相与合兵而攻王，此王之所以亡也。"

也就是说，大王您落到这么个猪不吃狗不咬的田地，没
别的原因，就因为您太好了。天下其他的国君全是坏人，他
们就见不得您这么一个好人，于是就合起伙来攻打您、欺
负您。

齐王听罢，仰天长叹："做个好人就这么难吗？"他的眼
圈红了，他要是会作诗，恐怕一篇《离骚》也作出来了。

该王最终被"坏人"们拉出去杀了。关于他国破身灭的
原因，当时想必是众说纷纭，但如果在齐国做个民意调查，
上述"好人论"恐怕只有两票，如果调查是匿名的，那肯定
就剩下一票。所以，全天下都听得出公先生在撒谎，唯一那
个上当的就是他们的王。

我不打算探讨该王的智商问题，对智商低的人我们应该
同情。我觉得更有趣的一件事是，公先生为什么撒谎？那时
的齐王不过是无牙的老虎，他就是说几句真话谅也不会被推
出去砍头，况且人家的态度还那么诚恳，可是公先生还是忍
不住要骗他一下，为什么？因为习惯？因为他从中得到了

快乐？

是的，我认为，公玉丹先生当时是快乐的，他看着他的王，一句句地编造着精巧的谎言，他为自己的聪明而快乐，而更隐秘、更甜蜜的快乐是：我在欺负他，欺负这个自以为无所不知无所不能的人。

——在人类历史中，存在一个可怜的群体，他们是孤独的，绝大多数人都认为他们和自己不一样，他们遭到蔑视、遭到欺负，他们是如此无助，以至于即使是光着屁股上街也没人告诉他他没穿衣服，他们被谎言包围、饲养，他们的名字是皇帝或国王。

这位齐王就是他们的杰出代表，他曾经具有绝对的权力，所有的人都对他撒谎，人们撒谎不仅因为恐惧，还因为快乐，看着这头怪兽一本正经津津有味地吞噬谎言，他们感到了近似于欺负弱者的恶毒的快乐：这件事扯平了，绝对的权力令人恐惧，恐惧滋生谎言，而谎言又使绝对的权力变成了笑柄。

然而，公玉丹的快乐我认为更为复杂，是恶毒的，也是温暖的，带着一点怜悯：这个人一直是由谎言饲养得这么胖，现在再喂他最后一口……

# 隐 于 屠

　　中国古人相信，奇人隐于民间。假如来到两三千年前的中国，你要千万小心，路上这个一脸风霜的老农可能刚刚嘲笑了孔子，或者明天早晨荷锄下地时他就碰上了国王，到中午他已经成为宰相……

　　民间的奇人以农夫居多，一室不扫，何以平天下？同样的，种好一亩三分地，料理天下也不难。——这是古人的想法。我们的古人都是诗人，不讲逻辑，善于类比，常常一个筋斗就从小类翻到了大类，这中间已经跳过了千山万水。

　　按照这种如诗的智慧，老子说：治大国如烹小鲜。治理一个国家和煎小黄鱼同理。那么，政治家不仅可以在农夫中产生，也可以从厨师中产生。在这方面，有个非常有说服力的例子：商汤的宰相伊尹本就是掌勺的大师傅。

　　总的来说，我觉得那个时代是有趣的——我指的是秦汉之前的时代，那时我们对才能、身份和命运有一种天真烂漫的想象，我们相信奇迹，奇迹也果然发生；到后来，我们渐渐相信刻苦，相信读书和考试，相信循规蹈矩、老奸巨猾地向上爬⋯⋯

除了农田、厨房，另外还有一个地方常有古代奇人出没，就是肉店。那些提着尖刀的肥胖屠夫，临闹市，据肉案，冷眼看熙熙攘攘、红尘滚滚，他们心中除了当日的肉价，可能还有某种深黑的冲动。

《史记》里，春秋战国几件石破天惊的大事中都有屠夫的身影：著名的刺客聂政"乃市井之人，鼓刀以屠"；信陵君窃符救赵，勇士朱亥一椎砸死大将晋鄙，而朱亥也是"市井鼓刀屠者"；至于不识时务地刺秦的荆轲，当他在燕都鬼混时，一个朋友是搞音乐的高渐离，另一个朋友就是无名的"狗屠"。

显然，屠夫们也有脱颖而出的机会，但比起农夫和厨师，他们的机会更近于本行：由屠猪屠狗改为屠人。而且，聂政和朱亥一样，都是经不住人家几句好话，屠为知己者死，没头没脑的就去卖命。

我反对杀人，但屠夫们的故事里情境的转换令我着迷：血腥的肉店与洁净的殿堂，卑贱的屠夫粗暴地干预了历史，而他根本不知道他干了什么。

　　司马迁对此也很感兴趣，在他的笔下，聂政是个奇人，聂政的命运是令人惊悚的奇迹。他坐在汉朝的书房，恐惧地注视着聂政一步步穿过目瞪口呆的人群，肾上腺素在他的笔下激越地分泌，他看见了历史中那黑暗狂暴的力量，这种力量隐于肉店中、隐于血中，那是与井井有条的农田、厨房截然不同的世界，是混乱的、非理性的，是本能和毁灭。

　　司马迁把它写下，然后，急忙忘掉。

春秋路四

# 鸟叫一两声

《诗经》开卷第一首就是《关雎》："关关雎鸠，在河之洲。"大家想必背得出，此处不念了。现在要问的是，这首诗是什么意思？

对面那女子脸儿一红，扭捏道：啥意思？相思病呗。

对，相思病，不仅是相思病，还由相思病并发失眠症："悠哉悠哉，辗转反侧。"如果有人问：中国人从何时开始失眠呢？现存最早的文字记载就是《关雎》，那应在商朝末周朝初，而且原因正是"女人"。

当然，在《关雎》中，相思病最终痊愈，"窈窕淑女"娶回家了，"琴瑟友之""钟鼓乐之"，KTV估计要唱大半夜，处处啼鸟惊不破三千年前的春梦。

然而，错啦，同学们哪，你们都错了，看看《毛诗序》里是怎么说的："《关雎》，后妃之德也。""乐得淑女以配君子，忧在进贤，不淫其色。哀窈窕，思贤才，而无伤善之心焉。"

这话翻译过来就是，皇上的大老婆看见一小女子模样长得俏，然后就睡不着，就急得两手瞎抓挠（"参差荇菜，左右采之"）。急什么呢？不是急着遣人把小妖精做了，而是急着怎么把她弄进宫来做小老婆，从此东宫西宫左右同心，共同辅佐皇上、治理天下。这是什么境界？是不知人间有醋的境界，真乃"后妃之德也"，真乃男人之福也！

我要是这么解说《关雎》，肯定被人啐得满脸唾沫，但这是《毛诗序》，是关于《诗经》的最权威、最正统的诠释，两千年间无数大人物、无数聪明脑袋都学，而且都信：《诗经》里怎么可能仅仅是男欢女爱呢？这事儿没这么简单，必定是有微言大义，渭河边那两只鸟必定与朝堂风云、天下大势相联着，联不上拧巴着联，结果就弄出这么一通男性自恋狂的疯话来。

《诗经》是好的，但要看出《诗经》的好，必得把秦汉之后的诠释一概抛开，直截了当地读诗。吟出那些诗篇的人们，他们曾经真实地活着，看山就是山，看水就是水，看美人就是美人，看了美人睡不着也不会说是心忧天下，等真要为国出征的时候，他们就尽他们的责，提起弓箭去战斗、去死——那是一种不曾被各种各样大话浮辞所蒙蔽的人生。

"雎鸠"据说是鱼鹰，脖子被系住，鱼叼到嘴里咽不下去，只好再吐出来让人拿去红烧或清蒸。我见过的鱼鹰都是蔫耷耷一副厌世的样子，除了捉鱼，拒绝开口。难怪啊，一种鸟，一辈子遭束缚，叫一声还被解说得云山雾罩、离题万里，如果是我我也懒得叫，我会暗自断定人这种动物是靠鱼和废话生存，我将保持沉默。

但是我相信，在三千年前的某个夜晚，确有一只鱼鹰闲叫了一声："关。"另一只应了一声："关。"是夜月白风清，儒生和知识分子们都睡了，只有一个年轻男子睡不着，他听见了那两声，他的心便向渭河去——那条三千年后已近干涸，有时又泛滥成灾的古河。

## 马夫车夫、高跟鞋

"南有乔木，不可休息。汉有游女，不可求思。汉之广矣，不可泳思，江之永矣，不可方思。"

好诗。天下事事"不可"，活着还有啥意思？只剩下雪夜诵《汉广》，其声凉而长。

《诗经》第九篇《汉广》是失败者的诗，如果是成功者，这诗就得改，改成"南有乔木，可休息。汉有游女，可求思。汉之广矣，可泳思，江之永矣，可方思"——汉江、长江拦不住他，江上的仙女归了他，南山上的树替他挡太阳，他走在路上小草都发芽。

可问题是，你这厮都得意成这样了你还写什么诗啊？但凡你有个小心思，上帝他老人家照例批个"可"字，你日子过得吃了泻药般顺畅，你还得写首诗告诉我你真呀么真高兴？

所以，留着《汉广》，给那些过得窝囊、失意的人，让他们深切地感受自身的软弱、渺小。在那反复、无奈的音调中，软弱变得无限长，像从肉体中抽出一根精神的丝，颤动，闪闪发亮，那是人类命定的、普遍的、绝对的软弱。

是啊，汉水很宽，它不是你的游泳池；长江很长，它不是为了让你行船而横流于地；南山的树不是为你长的，这世界原本不是按你的欲望和目的设计。

可人总是只在失意的时候才会想起生命中原是处处关卡，遍布"不可"。比如《汉广》中那位老兄，眼见着仙女一般的妹妹不知要成了谁的老婆，他想啊想，一片心思乱成了杂草（"翘翘错薪"），草长这么高就可以割了（"言刈其楚"），割了这么多草就该拿去喂马，然后，该老兄眼前一亮："之子于归，言秣其马。"——要是她出了嫁，俺就给她喂马给她开车，俺天天看着她总可以吧？

当然不可，你是自己骗自己，马夫、车夫和丈夫都是"夫"，可那是一码事吗？所以，该老兄的白日梦刚起了兴就醒了，结果仍然是"汉之广矣，不可泳思，江之永矣，不可方思"。

上大学时，一同学狂追西语系的"游女"，每日在寝室炮制情书，极尽做小伏低之能事，某日忽得佳句，急召众人共赏，原来是：我愿做你的高跟鞋，随你走遍天涯。听得我一口茶险些喷出去。其时正读《诗经》，便献计道：做美人鞋口惠而实不至，不如像《汉广》那样，做人家马夫车夫倒实在些。

师兄阴笑一声，点着我的榆木脑袋说：嫩了不是？马夫车夫是做得到的，哪能随便就签字画押？高跟鞋，反正也做不成，无效合同。啥是浪漫？浪漫就是无效合同，事儿是做不到，但态度有了，懂不懂？

十几年后，美女"游"到了那半球的费城，昔日的灰姑娘把穿了十几年的一只"高跟鞋"遗在了中国。大洋之广矣，不可泳思，已被穿得半旧的师兄叹曰：如今想当人家车夫都不够资格。

他总算知道了，原来这个"全球化"的世界在设计时也没把他的位置考虑进去。

# 风之著作权

《诗经》据说是民间文学，是古代劳动人民的集体创造。我上大学时头脑比现在还简单，闻听此论心驰神往，遥想商周时代，奴隶们一边劳动，一边哼着小曲儿，奴隶主呢，抱着鞭子蹲在田头听，听了觉得好便飞跑到官府去，唱给国王的使者听，国王的使者听了大喜：百姓的呼声啊，俺赶紧着唱给大王听去！说着扬鞭拍马一溜烟而去……他要是半路忘了呢？不碍事，人民的歌人民唱，人嘴快过马腿，也许半路上他就又能听到同一首歌。

有一日，我把这番体会跟老师讲了讲，他老人家沉吟半晌，然后用哀我不幸、怒我不争的眼神看看我，曰：

唉，你们这代人啊——

余音袅袅，却不再说了。我等了一会儿，只好讪讪地出门，回了寝室上床思考：为什么老师这么教了我就不可以这么想呢？就算是我想得不靠谱了他老人家为啥要怪到我们这一代的头上呢？我认识的同代人加起来也不够一百，这一百人也不曾选我当个班长委员什么的，我怎么就忽然成了他们的代表了呢？

寤寐思服，辗转反侧，后来就睡着了。

岁月悠悠，如今，我也到了有资格长叹"你们这代人"的年纪，总算学到了一点人情世故，知道老师的教导必须亦正亦反亦正亦邪地听，至于怎么才能凑巧听对了，那得看你的造化和悟性。比如关于《诗经》，现在我知道，老师的说法不能当真，其中表扬帝王将相和以及他们的祖宗的《雅》和《颂》固然是庙堂之歌，那《国风》恐怕也大多是贵族阶层的无病或有病呻吟。

那么为啥老师要说《诗经》是民间文学呢？因为，老师认为这顶帽子是对古代劳动人民的表扬，表扬古代劳动人民是肯定没错的，所以对不对先表扬着。而且，《诗经》还有一个特殊问题，就是除个别篇章之外，没人知道那些诗的作者是谁，既然不是张三不是李四，那么就只好说他是百姓或者民间，总之，失物招领，过期充公。

——老师不小心走到了时代前头，或者说，时代如今未必真的走到了当年我老师的前头。如今在网上，你发帖子留言，落个名叫踏雪无痕或一点红，那其实还是无名，因为无名，一个人的声音就不再是"我"的声音，一个人就变成了不可指认的"我们"，而当他放弃他的名字时，他获得了另外一种权力：他汇入"民间"或者"大众"，他就是"民间"或者"大众"。

逻辑就是这么个逻辑，我的老师多年前就把它用于《诗经》研究。但是，《诗经》的作者们不署名却未必有如此复杂的想法。据说商周是奴隶社会，也有人说是封建社会，奴隶派独占教科书，封建派啸聚在论文里，放下奴隶和封建，说是贵族社会大致没错，那些大人君子想破脑袋也不会想到混入大多数有什么好处。他们不署名仅仅是因为他们不在乎，他们看不出写篇小文或唱个小曲却要标上自己的名字有多么风光体面，他们根本没有什么著作权的意识，当然也没处收版税去。

著书立说，出名露脸，这基本上是汉代以下人们的想法，特别是司马迁，该先生由于特殊的个人遭际，极具升华冲动，《报任安书》中，一个孤独的血泪淋漓的作者站起来，他将战胜时间和俗世而不朽。从此，每一个会写字儿的人都知道：文章是我的，我将因此被记住。反过来，我要被记住，我就必须写。

而孔子不这么认为，孔老先生也是自我感觉甚好的人，但他毕生述而不作，一本《论语》，不过是弟子们的听课笔

记，如果他不幸进了现在的大学，能不能混上个副教授还真
是个问题。

　　在孔子看来，"道"也就是真理，在天地间默然运行，人
所应做的，仅仅是谦卑地认识它、准确地转述它。真理如
风，正如诗歌如风，如果有一个人长发飘扬，他不会认为这
风属于自己，他不会给这风署上标明产权的名字，也决不会
因此而骄横虚荣。

　　——这就是古人的想法，不知是在我们这个时代的前头
还是后头？

# 中国精神的关键时刻

左传哀公六年，公元前四八九年，吴国大举伐陈，楚国誓死救之。陈乃小国，长江上的二位老大决定在小陈身上比比谁的拳头更硬。

风云紧急，战争浩大沉重，它把一切贬为无关紧要可予删去的细节：征夫血、女人泪、老人和孩子无助的眼，还有，一群快要饿死的书生。

——孔子正好赶上了这场混战，困于陈蔡之间，绝粮七日，吃的是清炖野菜，弟子宰予已经饿晕了过去。该宰予就是因为大白天睡觉被孔子骂为"朽木粪土"的那位，现在我认为孔夫子骂人很可能是借题发挥：想当年在陈蔡，这厮俩眼一翻就晕过去了，他的体质是差了些，可身子更弱的颜回还在院儿里择野菜呢，而年纪最大的老夫子正在屋里鼓瑟而歌，歌声依然嘹亮，谁都看得出，这不是身体问题，这是精神问题。

在这关键时刻，经不住考验的不止宰予一个，子路和子贡就开始动摇，开始发表不靠谱的言论："夫子逐于鲁，削迹于卫，伐树于宋，穷于陈蔡。杀夫子者无罪，藉夫子者不禁，夫子弦歌鼓舞，未尝绝音，盖君子之无所丑也若此乎？"

这话的意思就是，老先生既无权又无钱，不出名不走红，四处碰壁，由失败走向失败，混到这地步，他不自杀不得抑郁症倒也罢了，居然饱吹饿唱兴致勃勃，难道所谓君子就是如此不要脸乎？

话说到这份儿上，可见该二子的信念已经摇摇欲坠，而且这话是当着颜回说的，这差不多也就等于指着孔子的鼻子叫板。果然，颜回择了一根儿菜，又择了一根儿菜，放下第三根儿菜，摇摇晃晃进了屋。

琴声划然而止，老先生推琴大怒：子路子贡这俩小子，"小人也！召，吾语之"。

俩小子不用召，早在门口等着了，进了门气焰当然减了若干，但子贡还是嘟嘟囔囔："如此者可谓穷矣。"——混到这地步可谓山穷水尽了。

孔子凛然说道："是何言也？君子达于道之谓达，穷于道之谓穷。今丘也拘仁义之道，以遭乱世之患，其所也，何穷之谓？故内省而不疚于道，临难而不失其德。大寒既至，霜雪既降，吾是以知松柏之茂也。……陈、蔡之厄，于丘其幸乎！"

——黄钟大吕，不得不原文照抄，看不懂没关系，反正真看得懂这段话的中国人两千五百多年来也没多少。子路原是武士，子贡原是商人，他们对生命的理解和此时的我们相差不远：如果真理不能兑现为现世的成功，那么真理就一钱不值。而孔子，他决然、庄严地说：真理就是真理，生命的意义就在对真理的认识和践行。

此前从没有中国人这么说过，公元前四八九年那片阴霾的荒野上，孔子这么说了，说罢"烈然返瑟而弦"，随着响遏行云的乐音，子路"抗然执干而舞"，子贡呆若木鸡，喃喃曰："吾不知天之高也，不知地之下也！"

我认为，这是中国精神的关键时刻，是我们文明的关键时刻，如同苏格拉底和耶稣的临难，孔子在穷厄的考验下使他的文明实现精神的升华。从此，我们就知道，除了升官发财打胜仗娶小老婆耍心眼之外，人还有失败、穷困和软弱所不能侵蚀的精神尊严。

当然，如今喝了洋墨水的学者会论证我们的问题全是因为孔子当初没像苏格拉底和耶稣那样被人整死，但依我看，该说的老先生已经说得透彻，而圣人的教导我们至今并未领会，我们都是子贡，不知天之高地之厚，而且坚信混得好比天高地厚更重要。但有一点总算证明了真理正在时间中暗自运行，那就是：我们早忘了两千五百多年前那场鸡飞狗跳的战争，但我们将永远记得，在那场战争中一个偏僻的角落里，孔门师徒的乐音、歌声、舞影和低语。

　　——永不消散。

## 孔门弟子做好事

　　孔子有弟子三千、贤人七十二，孔子的弟子都是"活雷锋"，在乱糟糟的春秋时代努力做好事。做好事分为两种，一种如颜回，躲在破巷子里哪儿也不去，天天思考人生的意义，有个窝头吃，有一瓢清水喝，颜先生就乐呵呵的了。在孔子看来，这就是做好事，世道这么乱，一个人待在屋里不出去添乱就是最大的德行。

　　帕斯卡说：世上一切灾难都起于人不肯待在自己的房间里，做一棵"思想"的芦苇。颜回有芦苇之风，孔子在众弟子中对他评价最高。说起来，孔老先生也有些凡人的毛病，看《论语》就知道，他也喜欢背后议论人，但他对颜回是一贯地夸奖，这可能是因为颜回能做到的，孔夫子本人也做不到。

　　孔子就是个不肯待在屋里的人，他要奔走，要实践，总想干点什么。他的大部分弟子都和他一样，很积极，很忙，忙于做官、办外交、做买卖，忙于改变世界。这当然也属于做好事，是做好事中的行动派。

行动派的代表人物是子贡和子路，他们做的好事想必很多，但历史上鲜有记载——古代的史家如同现在都市报的记者，对人性抱着相当阴暗的看法，他们更喜欢报道坏事——但有几件还是流传下来了，连同孔子的评论。

比如有一次，子贡在外地碰见了一些鲁国老乡，也不知是掳去的还是骗去的，老乡们已经沦为奴隶。子贡是仁人，有不忍之心，况且又是老乡，于是出钱把他们赎出来带回了鲁国。

然而当时的鲁国有一项政策，凡赎回在外为奴的鲁国人，赎金由国家财政支付。但子贡在做好事啊，怎么能拿着发票去报销呢？所以，"来而让，不取其金"。

至此，子贡算是把好事做到底了，他完满实现了中国人对"好事"的全部预期。但事情传到孔子那儿，老爷子却不以为然，子曰：都像子贡这样，以后鲁人被拐卖了恐怕就没人再去赎了。

相反的，有一次子路见义勇为，抢救了落水者，被救的人千恩万谢，最后说：也没别的，这头牛你牵了去吧。子路竟不客气，施施然牵着牛回了家。这件事真的有点不靠谱，把好好的一件"事迹"弄得不好报道，但孔子得知，竟大加肯定，断言：鲁国人民从此必将争先恐后地拯救"溺者"。

两件好事，两种态度，由此可见孔子对人的道德实践抱着相当现实的态度，他相信人有道德之心，但也相信人有利己的本性，他的意思是，你的境界那么高，高得凡人跟不上，那么德行也可能就变成怪癖，失去了教育和示范意义。

当然，按我的想象，子贡也可能不服气，心里说：做好事还做出错了，都像颜回那样倒是不会出错。可是他做了什么？

孔子则说：都像颜回那样，也就不需要做什么了。

# 君子之睡眠问题

《易经·乾》卦九三："君子终日乾乾，夕惕若，厉无咎。"

就是说如果一个人他是君子，德才兼备，这时候他绝不能松懈，必须"朝乾夕惕"，从早到晚奋发向上而战战兢兢，保持肾上腺素的充分分泌，永远兴奋和紧张。

为什么呢？孔子给了两个理由：第一是人当了君子就必须奋发向上，不向上就会退步、堕落，就不再是君子；第二呢，人当了君子就比较招人烦，所以必须战战兢兢，以防小人暗算。

后一个理由的依据是木秀于林，风必摧之。如果换了庄子，就会说：得，咱也别当君子了，当棵小灌木成不成？但孔子他老人家不这么看，他认为不仅不能当灌木，而且还得越长越高。那么风来了怎么办？除了提心吊胆就只有长成一棵钻天杨，收枝拢权，别去张牙舞爪地招风。

——都是老掉牙的智慧，而且智慧和智慧之间还要吵嘴，所幸我在此要谈的只是一个相关的小问题：君子之睡眠问题。

做君子，长期兴奋长期紧张，没有一副好身板显然是不行的。春秋时代人的平均寿命顶多三十几岁，孔夫子却活到了七十多，属于古稀人瑞，不做"文化昆仑"真是天都不答应。考察老先生长寿之道，除了食不厌精、热爱旅行，还有一条是反对睡觉——这方面有个"宰予昼寝"的例子：弟子宰予大白天睡觉，老爷子看见了气得什么似的，一口断定"朽木不可雕也，粪土之墙不可圬也"，可怜的宰同学别说是木秀于林了，一觉就把自己睡成了朽木。

这段公案成了现代人"打倒孔家店"时一个颇为煽情的口实。我上初中时正赶上批林批孔，老师愤怒声讨"克己复礼"，大家听了也无甚心得，但讲到"宰予昼寝"这一段，同学们对该老头儿的印象马上就不好，白天睡一小觉，多大个事儿呢？值得这么上纲上线？

后来人长大了，读了《易经》，再读《论语》，读书而明理，终于比较理解孔老夫子的苦心：睡觉在古代的确是个大问题，那时候空气清新，人的想法又相对较少，娱乐活动基本没有，生活全面无聊，一个人就很容易昏昏欲睡。夜里睡了，白天想想闲着也是闲着，再眯一觉，这样下去他就比较慵懒、比较松懈，就比较不容易"朝乾夕惕"，他就只有堕落下去了。

正因为明白这个道理，古中国的有志青年乃至老年，与睡眠展开了艰苦卓绝的斗争。在此过程中产生了很多可歌可泣的事迹，其中最让人心惊肉跳的莫过于"头悬梁、锥刺股"，那是苏秦在苦读，头发吊在房梁上，一锥子扎进骨头里，知道的，他在读书，不知道的还以为他在玩儿 S/M。

话说到这儿，又说回到"古老智慧"：孔子催人上进，这很好，但人太上进了，就难免自虐、变态，自己跟自己过不去，也就难免别人看你不顺眼。所以，让我选择的话，吾从庄周，我认为我们的问题不在不上进，而是太上进，自己把自己逼拧巴了，所以，重新把自己理顺溜的办法之一，就是睡个好觉，放松，爱怎么着怎么着。

# 与盗跖喝酒

我上初中的时候，正赶上批林批孔，由此接受了传统文化的"启蒙"，身为中国人而第一次知道了孔子、孟子。不过，"启蒙"是反过来进行的，老师告诉我，世上的人有两种，一种是"坏人"，一种是"好人"，坏人是孔子、孟子，好人呢？好人是商鞅，因为他让秦国人民守纪律；还有李斯，因为他帮着秦始皇灭六国、取天下；秦始皇当然是最大的好人，他做的好事很多，其中一小件是把书都烧了，把写书的人活埋了。

这就是我受的教育。这种教育好不好呢？我认为很好，它让我从此心明眼亮，看清了支配世界的根本力量是什么：拳头、力和血。这几样孔子、孟子一样都没有，所以他们是没出息的、滑稽可笑的，是"坏人"，注定要失败。

显然，我少年时代所知的"好人"通常是可怕的，很难说他们令人畏惧是因为手握真理还是手握权力，在我受的教育中该两者是一码事。又正确又可怕，于是就比较无趣，很难想象你会跟商鞅、李斯、秦始皇喝酒聊天，反过来，和孔子倒是可以喝点小酒，和孟子，就可以索性喝醉了。

有趣的"好人"倒是也有一个，他不仅是好人，还是打家劫舍的好汉，人称"盗跖"。"盗"字演化至今，已经沦落到专指小偷小摸，而在那个伟大的时代，"盗"就是土匪，伙一帮兄弟啸聚山林，威风得紧。

虽然当土匪就具备了拳头、力、血这些成为"好人"的因素，但盗跖青史流芳主要不是因为他的土匪生涯，而因为他还是个巧舌如簧的土匪。我的老师曾经绘声绘色地讲述盗跖的故事。

有人问盗跖：盗亦有道乎？

盗跖一拍大腿：何止有道啊！你想，站门口一张看，就知道这家有财无财，这算是圣明吧？动手的时候，你得领着头往里冲，这是什么品质？这就是"勇"！撤退的时候，你最后一个出来，这叫"义"；时机拿捏得准，这叫"智"；得手回寨子，分赃分得匀，这就是"仁"！——"不通此五者而能成大盗者，天下无有。"

故事讲到这儿，老师曰：同学们，请看，这位古代劳动人民的代表如何机智地揭穿了孔孟之道的虚伪面具！

如今，我长大了，有了自己的主意，我反对把盗跖选为"古代劳动人民的代表"，但读了《吕氏春秋》，重温这个故事，我觉得盗跖至少是比较有趣。这个"好人"并不认为自己真理在握，尽管他的拳头硬，尽管攥着刀，但他知道拳头是一码事，真理是另外一码事，他还有兴致把拳头暂且收起来，对着真理嬉皮笑脸胡搅蛮缠。

在这个意义上说，盗跖先生的"好"是很不彻底的，他不应该对着真理讲歪理，他应该直接举起他的拳头或者掏出他的支票。但也正因为这种不彻底，我愿意和他喝上一壶酒，谈谈如何做人。

# 寡人有疾

寡人有疾，寡人好货。

寡人有疾，寡人好色。

寡人有疾，寡人好勇。

——又爱钱，又好色，火气又大，对这样的人你还能说什么呢？孟轲先生说，好啊，如果百姓吃得饱，如果男女都脱单，如果一怒而能安天下，那么，您就好货、好色、好勇吧。

读《论语》，我觉得孔子是老人，平和，看清了世间事，当然也有点老人的怪脾气。读《孟子》，我觉得那铿锵的声音出自中年，他威严、精悍，他必定长一脸络腮胡子，他锐利地盯着你，随时准备战斗，随时准备以雄辩的言辞考验和召唤你的良心。

孟子是那个时代的良心。孔子生活在他所想象的落日余晖中，而在孟子面前，茫茫长夜已降临，"上下交征利""率兽而食人"——在鲁迅之前两千二百多年，孟子就以"吃人"的意象断定社会的兽性本质。也正因为暗夜当前，孟子激烈而坚定，他把一种行动的理想主义注入孔子开创的传统："仁义"不仅是源于古老记忆的价值，而且成为一种必须为之战斗的社会理想。

真正的理想主义者为数甚少，孟子是其中之一。该先生东奔西走，见过了一连串儿君王，从不谄媚，从未卑怯，他永远居高临下——大众热爱居高临下地对他们说话的人，比如台上的明星，但君王们可没有这种自我作践的癖好，所以，孟子的居高临下是危险的，他竟履险如夷。

这需要真正的勇气，而孟子从不缺乏勇气，"我善养吾浩然之气"——这种"气"，在古代儒生身上时有所见，他们是真的不怕，不仅因为他们胆儿大，更因为他们从孟子那里传承着一个根本信念：在君王的权威之上，另有道德和伦理的权威。凭依着这种权威，他们英勇无畏地捍卫人类生活的基本权利，比如不挨饿、不被欺负、不被人吃。

那些儒生已被忘掉，只有孟子，尽管我们努力忘掉他，他那机智、热情，或严厉如坚金的声音在汉语中依然回响："五十步笑百步""挟泰山以超北海""缘木求鱼""君子远庖厨""与民同乐""国人皆曰可杀"……

但响声最大的，可能还是孟子的对话者这坦诚无赖的声音：俺有毛病，俺爱钱；俺有毛病，俺好色；俺有毛病，俺见了穷人、弱者就压不住火儿，怎么办呢？

# 人性与水与耍赖

有一次孟子碰见告子，二子讨论了一个大问题：人性之本质。告子曰：人性如洪水急流，东边决了口就向东流，西边决了口就向西流，"人性之无分善不善也，犹水之无分于东西也"。

孟子不以为然，老先生好口才，冷笑一声问道：

水固然是向东流也行向西流也行，但难道它向上流也行向下流也行吗？

这一下问得告了当场呆掉。是啊，水是下流的，水向低处走，也就是说，水并不是那么好性子，随你怎么引导和塑造。

这和人性有什么关系呢？有关系，孟夫子气壮山河地断言："人性之善也，犹水之就下也。人无有不善，水无有不下。"

　　显然，孟子是主张"人之初，性本善"的，对不对且不说，他这种论辩方法我就不很佩服。人性是人性，水是水，两样东西不可比，一定要比，水之下流也未必证明人性之善，证明人性之下流岂不更为贴切？

　　但在古中国，孟子的说法一直占着上风，每个人都坚定地认为自己本来是善的、好的，只是……唉！世道啊，没办法呀，怎么俺如今变成了这样了呢？两千多年来，大家就没好好想想，如果每个人原本都是善的，那么那个"恶"是从哪儿来的呢？

　　到了二十一世纪，如果认真研读一下贪官污吏们在监狱里的写作成果，你会发现，老套路没有变，率兽食人的"猛虎"居然也是孟子的信徒——虽然这帮家伙大概一辈子也没读过一行《孟子》，虽然孟子提起这帮家伙就咬牙切齿——他们通常会哼哼唧唧地回忆纯洁的童年或青年时光，那时他们是多么善良，然后呢，就用上了孟子的老话："今夫水……激而行之，可使在山。是岂水之性哉？其势则然也。"也就是说，我这无辜的水儿啊，本来是向下的，但不幸碰上了抽水机，我连山都上去了，但这能怨我吗？

　　每当看到此等处，我就忍不住想：这厮也只好去见上帝了，也许只有上帝的审判才能让他知道自己的罪，知道一个人活着不是随势而流的无辜的水，而是有着严峻的道德责任，必须自己做出抉择、自己承担后果。

简单地说，咱们的逻辑是拉不出屎赖茅厕。这种逻辑始自孟子，后来到了二十世纪初，忽然又发现了西方浪漫主义，卢梭什么的，原来也是主张人性本善呀，于是乎我们又都成了廉价的浪漫主义者。你就听听吧，作家们和贪官污吏们有一个共同的写作倾向：他们都喜欢哼哼唧唧地歌颂他们的童年。

童年，据现代心理学研究，不过是一张白纸，无分善不善也。这似乎和告子的观点相同，但也有重大区别，比如皮亚杰就断言，人性的形成起于"认识"，而"认识"这件事是由主体做出的。也就是说，你是你，你不是茫然的水，你要是行了恶事还是先别赖社会，你至少得有勇气自己扛起来，中国人不是还说"好汉做事好汉当"吗?

但"好汉"毕竟甚少。孟子是我敬重的先贤，他就是好汉，可惜他一不小心就为后来的无数赖汉提供了耍赖的口实。

## 象忧亦忧，象喜亦喜

"象忧亦忧，象喜亦喜"，《红楼梦》里有此雅谜——看官且慢兴奋，在下不谈《红楼梦》。一部"红楼"，大小文人参详了一百多年，只看出满纸八卦。杜鲁门·卡波特曰："所有的文学都是飞短流长。"这话至少适用于"红学"，专业和业余的狗仔队认定，该书便是大清朝的政治谣言高层内幕——据说这很有趣，但我觉得还是今日娱乐界的花花事儿更有趣些。

现在说正题。"象忧亦忧，象喜亦喜"，语出《孟子》，说的是舜爱他的老弟——该老弟名象，据神话学者研究，他还真就是一头大象，至于大象怎么就成了舜王爷的弟弟，学者没说，我们所知的是，象高兴了舜就欢喜，象要是挂着脸，舜也跟着忧愁。

那么象是不是同样爱着他的哥哥呢？非也。象弟最盼望的一件事就是他的舜哥死，马上死。

这就不能不谈到我们的大圣人舜王爷的麻烦家世。舜之父据说名瞽瞍，此二字皆有失明、盲目之义，我怀疑这是讽刺老爷子是非不分黑白莫辨。当然，瞽瞍也许确实是个瞎子，而且可能是中国最早的游唱乐手，据说十五弦的古瑟就是瞽瞍所创。这位音乐家的原配就是舜的母亲，后来死了，又娶了一房，生了个儿子就是象。

父亲－后娘－异母兄弟，权力－血缘－财产－人的自私和残暴，这是有家庭、有婚姻、有私有制之后就有了的老故事，而舜的故事是老故事中最初、最老的：舜成了人家三口儿的眼中钉，他们对这没娘的孩子百般虐待。而舜呢？那时没有警察妇联和媒体，他只能忍，而且他是如此善良，他把这视为一种考验，考验他对父亲和家人的爱。他当然经得住考验，他还为其后数千年间的孩子发明了承受家庭暴力的正确原则："小杖受，大杖走。"要是父亲大人抡着小棍子打过来，那就扛着；要是棍子又粗又长那就赶紧跑，跑不是因为怕疼或怕死，而是担心自己没出息不禁打，万一被一棍子打死了，岂不陷父亲大人于不义？

我幼时没挨过爹的打，但我们那个大院里的孩子们都曾热烈地想象自己遭受酷刑，老虎凳、辣椒水、吊起来、鞭子抽，来吧（当然不会真来）！我们为真理而受难，牺牲的羔羊感到黑暗的甜美——如今想来，这中间必定萌动着受虐倾向，痛苦是爱是美是忠诚是道德是快乐。

就这样，舜在迫害和拷打中成长为圣人，尧王爷打算把天下传给他，不过还要考察，考察的办法之一是把两个女儿一并嫁给他，当然带着丰厚的陪嫁。

舜成了大人物，有产有权有名有背景，他的瞎老爹怎么办呢？这个固执的老人，他认为他有了更充分的理由恨自己的长子，他决心杀死他。

于是，据孟子说："父母使舜完廪，捐阶，瞽瞍焚廪。使浚井，出，从而掩之。"

父亲慈祥地笑着，把大儿子叫来替他修缮粮仓。舜刚爬上房顶，父亲就抽走了梯子，放火。

当然没有得逞。老爷子脸皮够厚，过几天又找上门：儿子啊儿子，回去把老井挖一挖。舜又去了，他下到井里，一抬头，只见黄土倾泻如暴烈阳光。

小儿子象力大如象，一口气把井填实了，把他哥活埋了，拿脚踩了踩，转身奔向舜家，一路大喊：

"谟盖都君咸我绩！牛羊父母！仓廪父母，干戈朕，琴朕！弤朕！二嫂使治朕栖！"

这是上古的大白话：舜死了，我干的！牛羊归爹娘！粮仓归爹娘！干戈归我！琴归我！弓箭归我！两个嫂子跟我睡！

他就这么一边发表掠夺财产的宣言，一边闯进了舜家，迎头看见他的哥哥舜正在安然抚琴。此时，即使是象也有点不好意思了，为了纪念这点不好意思，当时的人们想啊想，终于想出了"忸怩"一词，象"忸怩"道：嘿嘿，哥，你没事儿啊，人家正担心你呢。

舜慈爱地看着这个弟弟，曰：象啊，来得正好，哥这一大摊子家业正想让你帮着管管呢。

很久以后，有人问：舜不知道象要杀他吗？

孟子说：他当然知道，但象忧亦忧，象喜亦喜啊。

——这个故事有古希腊悲剧的严厉、阴森和绝望，但有个中国式的完美温暖的结局，舜终于感动了他的瞎老爹，感动了象，他们从此过着和谐幸福的生活。

善是无敌的，仁是无敌的，在孟子的讲述中，舜的故事成为神圣的启示，我们必须相信善相信爱，相信宽恕和忍耐。

我愿意相信。但是我注意到孟子省去了一个至关重要的环节：舜是如何逃过谋杀的？

对此，《史记》中有语焉不详的记载，大意是两个背景非凡的太太拿出了法宝：绘有鸟纹和龙纹的衣裳，结果，舜化为鸟飞离火海，化为龙遁黄泉而逃。

　　孟子当然不信这套，所以略过不提，同时，他可能也意识到这里有一个致命的漏洞：如果舜要靠太太的搭救才能逃脱恶势力的戕害，那么善的力量由何体现，又何以成立？难道做一个善人又不想被人坑死就得先娶一个至两个有背景的太太？难道善的前提必须是权力或成功？

　　与孟子的论述相反，我们常常发现善竟是世上最软弱的事。善不会向你应许任何现世的利益，善不是一个有关获取的故事，而是关于舍弃；善之艰难，尽在于此。这是人类普遍的痛苦和困惑，孔和孟都未能给出有力的解答，两位好心肠的老先生只是絮絮叨叨地告诉我们：做个好人并不难，做个好人有好报。

　　舜的故事中，有一个场面最为苍茫深远："舜往于田，号泣于旻天。"

　　荒野上，舜仰天长哭。对此孟子做了一番牵强乏味的解说，我一个字都不信。我只看见几千年前的那个人，他孤独地、无所凭依地坚持着善，此时，他不是孔孟所想象的因善而成功的人士，他在受苦，极端软弱，天无言，荒野无言，只有这个灵魂在颤动。

　　——"象忧亦忧，象喜亦喜"，《红楼梦》中的谜底我忘了，也懒得去查，大概是镜子，或者演员。

# 勇

据说，古时有三位勇者。

一位是北宫黝。该先生受不得一点委屈，"不受于褐宽博，亦不受于万乘之君"。别管你是布衣百姓还是大国君主，惹了他他都跟你翻脸，"恶声至，必反之"，怎么骂过来的，原样骂回去，或者索性就拔刀相向。

北宫黝大概是个侠客，闲下来也许还写点杂文；另一位勇者孟施舍可能是武士或将军，他的勇比较简便：不管对方是小股来袭还是大军压境，一概"视不胜犹胜也"，打得过打不过先打了再说。

后来，有人向孟子请教如何做个勇敢的人，孟子举出北宫黝、孟施舍，觉得没说清楚，又举出了第三位——孔子。

孔子之勇是："自反而不缩，虽褐宽博，吾不惴焉；自反而缩，虽千万人，吾往矣"。

"缩"不是畏缩之"缩"，而是古时冠冕上的一条直缝，也就是说，摸着心口想想，如果直不在我，自己没理，那么对方就算是个草民，也别欺负人家；但如果想的结果是理直气壮，那么，"虽千万人，吾往矣"。

孟子认为孔子之勇是大勇。对此，我同意。孔子与前两位的不同在于，他使勇成为一个伦理问题：勇不仅体现一个人的力比多，它关乎正义，由正义获得力量和尊严。

但这里有个问题，就是孔子假定大家的心里都有同一条直线，摸一摸就知道有理没理是否正义。古时候也许是如此，但现在，我担心我心里的直线和别人心里的直线根本不是一条线，我觉得我有理，他觉得他有理，两个理还不是一个理，结果就是谁也不会自反而不缩，老子有理我怕谁？有理没理最终还是看拳头大小。

所以，为了让我们勇得有道理，最好是大家坐下来，商量出一条共同的直线。但对此我极不乐观，我估计至少再过二百年那条直线才可能商量出来并落实到大家的心里，这还得有个前提，就是在这二百年里，人类在争斗中仍然幸存。

那怎么办呢？孟子没有想到这个问题，所以他没说。现在我苦思冥想，忽然发现，在这三位勇者中其实就另有一条共同的直线——

北宫黝先生不怕老百姓，也不怕国王；孟施舍先生不怕小股敌人，也不怕大部队；孔老夫子没理决不欺负任何人，只要有理，千万人他都不怕。总之，他们都是一个人站在那里，站在明处，面对这个世界。

——我认为这是勇之底线。在众人堆里呐喊，这不叫勇，这叫起哄；说话时，动辄代表千万人，这也不叫勇，这是走夜路吹口哨给自己壮胆。勇者自尊，他不屑于扎堆起哄，更不会挟虚构或真实的多数凌人；他的尊严在于他坚持公平地看待对方，如果他是个武士，他不会杀老人、妇女、孩子和手无寸铁的人，但对方即使是千军万马他也不认为不公平——很好，来吧。这是勇者。

三位勇者为勇确立了一个根本指标，就是看看自己是不是真的决心独自承担责任和后果。这样的勇者，从来是人类中的少数。三千年过去了，网络时代了，到网上看看，似乎是勇者遍地了，但我认为上述指标依然适用，比如在网上向着八竿子打不着的什么东西怒发冲冠把键盘拍烂，但转过脸被上司喷一身狗血有理也不敢还嘴，或者走在大街上碰见流氓急忙缩头，这样的勇不要也罢，因为它是藏在人堆里的勇、免费的勇，它就是怯懦。

话说到这儿，我觉得我知道了什么是勇，但我不敢肯定我能够做到。孔夫子还说过一句话："知耻近乎勇。"我能做到的是在自己触了电般张牙舞爪时按上述指标衡量一下，如果忽然有点不好意思，那么就知耻，拔了插销，洗洗牙和爪，上床睡觉。

## 数学家的城

　　四百多年前，传教士利玛窦来到咱们的大明朝，他在一封信中叹道："似乎整个中国是由一个数学家建造的。"在这位那不勒斯人看来，大明的城市真是整齐啊，方方正正，横平竖直，如同几何图形，似乎有一双无形的、数学家的手在规划一切。

　　这是夸咱们还是讽刺咱们呢？我认为利玛窦是在夸咱们。该先生不远万里来到中国，除了传教，还带来了自鸣钟、阿基米德等等，总的来说对中国人民怀着友好感情。而四百年前，无论那不勒斯还是巴黎，都还是臭气熏天乱七八糟，城市规划这件事至少还要再过二百年才被欧洲人想到，所以，利老先生大为惊诧，他不能想象世上哪个"数学家"能够创造这等奇迹。

　　利玛窦后来博览群经，他必定读过《孟子》，读了之后他就应该知道，孟子就是一个"数学家"，在孟子的教育下，中国后来有了无数"数学家"，他们的根本信念就是：世上万事必有一个整齐划一的、简单的解法。

比如"三农问题"，孟子在两千年前就深入思考过，提出的办法就是"井田制"："方里而井，井九百亩，其中为公田。八家皆私百亩，同养公田；公事毕，然后敢治私事。"这段话翻译出来基本上是一道几何习题：把每平方里土地划为一个井田，每一井田有九百亩，当中一百亩是公有田，周围八百亩分给八家做私有田。该八家共同耕种公田，然后再走过同等距离的路回到自留地，该干吗干吗去。

这就是"秩序井然"啊，多么完美！但是，天下的土地难道像棋盘一样整齐吗？如果一平方里的可耕地零零碎碎分了十七八块而且还不够九百亩怎么办？如果这一平方里上正好住了农民十八家而不是八家又怎么办？

——孟夫子显然无暇考虑这些琐碎低级的问题，他老人家正提着巨大的尺子激情澎湃地为我们设计美好世界。或者他认为大地就是一块大豆腐，等着一把快刀去干脆利落地切。作为"数学家"，他只用直线就算尽了一切，如果不巧碰上曲线，那么，把它拉直就是了。

"井田制"后来成为一大公案，学者们熬白了头发，探讨它究竟是真事儿还是狂想。最终，大多数学者战战兢兢地宣布：可惜得很啊，它竟从未实现。

　　但孟子作为一个直线数学家的激情和信念无疑启发和教育了我们，农村太复杂，那么，我们至少可以在人造的城市中实现我们的理想。于是，这片大地上每一座城都和另一座城一模一样，它们出于同一份蓝图：要有东西南北的城门，要把雄伟的衙门建在城中央，要有广场，有贯通南北东西的大道，有中央商务区，有金融街；如果民宅和几百年的寺庙宫观扰乱了规划中的整齐图形，那么拆掉它。在这座城中，我们取消一切曲线，要让直线如刀一样把所有自然生长的事物、所有在时间中沉积下来的事物剔除，我们要一座明光锃亮、冷而硬如钻石的城，那就是"现代化"，就接上了"世界"那笔直的路轨。

　　然后，在四百年后的今天，还会有人说：这里的城都是由一个数学家建造的。

# 孟先生的选择题

相对于孟，我更喜欢孔。孔是个有趣的"子"——热爱生活，讲吃讲穿，时常发点牢骚，包括背后讲人小话儿。他还是个狂热的音乐爱好者，喜欢高雅音乐，也喜欢流行音乐，听得兴起摇头晃脑，三月不知肉味。

孔子的可爱在于他有人性的弱点，而孟子无弱点，他是一团针扎不进、水泼不进的浩然正气，是飞沙走石势不可当的龙卷风。读《论语》，你可以边读边跟老人家商量：这事儿似乎不是这样？而读《孟子》，没什么好商量的，他就是真理和正义，你刚要商量，孟先生就拍案大喝：我现在跟你谈的是大是大非的问题！

比如吧，孟先生认为天下古今最理想的税制是什一制，把增值税什么的一律取消，然后不管三七二十一，你有十斤谷子交税一斤，一百斤当然交十斤。该税制如何好法，孟先生从未阐述过，他认为根本不必阐述，他一口咬定这是先王之法，尧舜禹都是这么干的，而尧舜禹就是正义、就是大道理，你爱不爱正义呢？爱。那么好，你就必须爱什一税。

这套逻辑非常混乱，但孟先生的另一个特点就是他铿锵、雄壮。古今中外的无数事例证明，我们爱真和善，但我们也爱美，铿锵雄壮是大美，所以我们爱铿锵雄壮的谬论。于是有一天，宋国某官员听了孟先生的演讲，脑子一热就成了什一制的拥趸，但此人毕竟是个官员，是办事的，脑子再热他也得想想办得办不得，遂起立问道：这事儿好，太好了！可是今年就办恐怕是仓促了，好多问题没解决，能不能先放放，明年再说？

孟先生不吭声，瞪着大眼看他，直看得他毛骨悚然，这才冷笑答道："今有人日攘其邻人之鸡者，或告之曰：'是非君子之道。'曰：'请损之，月攘一鸡，以待来年然后已。'——如知其非义，斯速已矣，何待来年？"

这话翻译过来就是："现在有个人，每天偷邻居一只鸡，人家告诉他：'此非君子之道。'他说：'好好好，那就少偷点，每个月偷一只，等到明年再一只不偷。'——既然知道错了，就赶快改了算了，等什么等？！为什么等？！"

——如果孟先生是在会场上，必定掌声如雷；如果他是在网上，必定顶帖如潮。他说得何其好啊！

那位官员做何反应,《孟子》没有记载,想必是面红耳赤,哑口无言,好像他就是偷鸡的贼。他得想两千多年才能想明白,孟子的说法其实也是偷,不是偷鸡,是偷换概念:是否实行一种税制,问题之复杂显然不是偷鸡与否就能说清。但孟先生不管这套,他不跟你讨论什一制是否真的公平,不讨论征税方法和征税成本,也不讨论所征之税能否维持起码的公共开支,他只问你偷鸡不偷鸡。于是,一个政治和经济运作中复杂的制度设计问题直接就变成了大是大非的道德问题,那还有什么好说的? 只好不偷鸡。鸡是不偷了,税应该如何收其实还是没人知道。

春秋时的人比较憨厚,以为凡事说了就要做,所以那位官员还站起来跟孟先生切磋;后来的中国人受了孟先生的教育,都知道谈论天下万事只需回答是或非,而且一定要抢先表态,站到"大是"的高地上去,同仇敌忾查找偷鸡之贼,至于该"大是"应否实行、如何实行和是不是从我做起现在就实行,没人认真。

——这就是我不太喜欢孟先生的理由。我愿意相信他是个真的道德家,但他把人类生活简化成偷鸡不偷鸡的选择题,由此就必然调教出无数口是心非的"君子"。

明年复明年,孟先生都熬成亚圣了,什一制在古代中国一直仅仅是个理想。据我所知,该理想似乎只有欧洲中世纪的教会曾经实现，他们当然不是以尧舜禹的名义，他们以上帝的名义要求你每十块拿出一块。那时又没有银行账户可查，小官吏提着刀进门转一圈，宣布他认为你的财产值八万或十万，十分之一，交出来吧！可怜的欧洲人民就只好倾家荡产卖儿卖女。

　　当然，孟先生想不到这些，他已经解决了大是大非。难道这世上还有别的问题吗？他铿铿锵锵雄壮地问你。

# 圣 人 病

孟子有诸多高贵品质，但其中不包括谦虚。

比如他教导我们：君子不怨天不尤人，打落了牙齿吞肚里，任何时候都要笑眯眯。但某一日他老人家沉着脸没有笑眯眯，于是就有人阴阴地问：咋回事啊，莫非是怨天尤人了？

孟夫子脖子一梗：谁怨天尤人了？我高兴着呢。"五百年必有王者兴，其间必有名世者。由周而来，七百有余岁矣。……夫天未欲平治天下也；如欲平治天下，当今之世，舍我其谁也？吾何为不豫哉？"——我为什么不高兴？真呀么真高兴！

这番话说出来，对方反应如何，《孟子》无载。根据《孟子》的编纂惯例，凡此类 PK 时刻，对方如果最后说我错了、我服了、我是小人，那是一定要记上一笔的，这回却没了下文，好像那人听了这番豪语立刻人间蒸发——我估计真实的情形也差不多，换了我，我也只好叹口气，扭头走人，心里嘀咕一句：那您就高兴着吧。

孟子无疑是中国历史上最自信的人物之一，他比孔子更自信，孔子有时苍凉，而孟子通体刚强。但一个人，在这俗世中宣布自己是普救苍生的圣人，他必然会有无穷烦恼。他要是个皇帝倒也罢了，皇帝登上皇位就是圣人，想不当都不成，我们历史上颇有一些坚决不当圣人的皇上，他自己是快活了，但老百姓都觉得不靠谱：皇上你都当了，圣人你却不当，难不成天下的好事都让你捡了去？于是编出许多故事来骂他。

我们总认为圣人离我们很远，比如皇上，很远，那好，当圣人吧，但如果隔壁的老汉忽然宣布他是圣人你感觉如何？反正我马上就得跳出来爆料：他昨天刚在我家门口吐了口浓痰，他算哪门子圣人！

这就是孟子的烦恼所在，他老人家天天讲故事，从尧舜禹一路说到周公、孔子，都是圣人，大家都没意见，那都死了多少年了；但忽忽悠悠、浩浩荡荡，最后竟说到了他自己，我们都会打个激灵醒来，不对啊，怎么说会儿话的工夫，这老汉就成圣人了？所以，一部《孟子》中，最热衷于挑孟圣人破绽的就是他老人家的弟子，比如刚才惨遭蒸发的那位就是。

　　孟子要是活在现在，事情好办得多。他虽然没当什么大官，但名声不小，四处周游，赞助也是不少的，几十个学生靠着他吃饭，自然会到处写文章夸他们的恩师老板，把孟先生说成孔子再世或者鲁迅重生。但孟子不幸生在两千年前，那时的学生远不像如今这般爱吾师不爱真理——您不是圣人吗？那么好，为什么今天没有笑眯眯？为什么老娘死了您大操大办用了那么厚的棺材板？请回答——

　　按说都是小节，但千里之堤毁于蚁穴，风起于青萍之末，这样的道理我们懂，孟子更懂。所以，每次碰到此类问题他都绝不敢掉以轻心，一定要堵住，一定要说圆。堵住和说圆的一般路数是，把小节问题一口气升华成大节问题，由一滴水见出海洋，然后，再由大节正确反过来证明小节正确，也就是从海洋里再找出那一滴水。如此倒腾一遍，很少有人不晕，只好承认他老人家是七百年一出的圣人。

　　当然，这很累，这意味着人的自我和生活毫无矛盾、浑然一体、绝对自洽，他一辈子不能留任何缝隙让苍蝇下蛆，他没有私人生活只活在宏大意义里。如果碰上了弗洛伊德，弗大夫一定会说这是病，但孟子不以为病，他的弟子们也不以为病，两千年来我们都不认为这是病，这是一个关于圣人的游戏，我们和圣人们都乐此不疲。

该游戏具体做法如下：

1. 我们爱圣人，因为圣人无缺点。

2. 于是就有了圣人。

3. 为了证明圣人无缺点，我们关注他的鸡毛蒜皮，我们认为只有鸡毛蒜皮才能见出圣人的真精神和大境界，比如圣人如果长期不回家，不可能是因为夫妻关系不好，而必有更为重大和庄严的意义。

4. 因为圣人要求我们向他学习，我们很累，于是我们再度翻出鸡毛蒜皮证明他也是人，原来有缺点，有下蛆的缝，和我们大家一样。

5. 于是他不是圣人，鉴于他不是圣人，他的宏言傥论也就都是鸡毛蒜皮。

6. 我们厌倦了一地鸡毛和蒜皮，我们期待出现下一个圣人。

7. 从上述第 1 步重新开始，再来一遍。

# 当孟子遇见理想主义者

　　孟子有理想，但有时他会遇见比他更有理想的理想主义者。

　　比如那日，酒席散了，他的弟子彭更借酒撒疯提意见：像您老人家这样，几十辆车开着，数百弟子跟着，从这一国吃到那一国，这也太过分了吧？

　　孟子的表情我们看不见，但我愿意相信他的脸上平静如水，他答曰："非其道，则一箪食不可受于人；如其道，则舜受尧之天下，不以为泰——子以为泰乎？"

　　只要有真理，吃人家一顿饭又有何妨，当年尧把天下都送给了舜，舜也没客气，你难道认为舜也过分吗？

　　——孟老先生啊，话不是这么说的。人家明明是说你过分，你马上抬出个舜来，舜王爷是大圣人，战国时代的读书人当然不敢非议，这不是拉大旗做虎皮又是什么呢？

所以，愤怒青年彭更没被唬住，说了一句话直指要害："士无事而食，不可也！"

这是惊雷，两千年来响在儒生的噩梦里：你们这帮家伙，不劳动白吃饭，不行！

孟子不得不严肃地对待这个问题，他看着彭更愤怒的眼睛，他必是从中看到了广大的沉默人群，于是他字斟句酌地说了一番话，大意是：社会分工不同，知识分子行仁义之道，守精神家园，也算是一份工作，应该像木匠和修车师傅一样有一碗饭吃。

彭更愣了一会儿，忽然，他更生气了：难道君子追求真理就是为了混碗饭吃吗？

孟子的回答我不想引述，有兴趣的可以去查查《孟子》。我的兴趣在于彭更如此迅速地改变了立场而且对他的自相矛盾毫无自觉：一开始他认为思想不是劳动，不劳动而吃饭是可耻的；但紧接着他又宣布，如果思想是为了吃饭，那也是可耻的。精神活动不仅是"事"而且是无比纯洁的"事"，不应掺杂任何世俗考量，写小说就是写小说，不能想着挣版税。

两千年前的那一天，孟子面对这个弟子，他一定感到极为孤独和疲倦。这位彭更在那一刻远比孟子强大，他同时占领了两大高地，居高临下，胜券在握，而孟子的任何辩解听上去都像是陷入重围的徒劳挣扎。

　　——一方面，从劳动在人类生活中的重大价值出发，人们理直气壮地质疑那些手无缚鸡之力而空作玄远之谈的书生；另一方面，从精神在人类生活中的重大价值出发，人们也理直气壮地质疑那些以精神为业的人的世俗生活：你为什么不纯粹，为什么为稻粱谋？为什么做不到通体真理天衣无缝？

　　两大高地绵延不断，孟子及孟子的后继者们在高地之间的深渊中挣扎求存。不劳动是知识分子的原罪，同时，在捍卫精神纯洁性的名义下，"理想主义者"会在任何精神现象的背后闻嗅铜臭和私欲，然后他们就像捉奸在床一样兴奋，他们宣布：所谓"精神"不过是委琐的生计和苟且的权谋，果然如此，总是如此。

　　面对后一种责难，孟子的回答是苍白无力的，他实际上说：请你读我的书，你不应追究我的动机，就好比你尽管吃鸡蛋而不要去审查下蛋的母鸡。这当然不行，有时审查母鸡是必要的，两千年前的那天，如果换了我，我宁愿如此回答那位彭更先生：

　　任何一个人的精神活动，都终究离不开人要吃饭这个事实，他的思想、想象和精神是他在世俗生活中艰难搏斗的成果。即使是佛，也要历经磨难方成正果，而人，他是带着满

身的伤、带着他的罪思想着，思想者丑陋，纯洁的婴儿不会
思想。

　　——我知道我也不能说服他，这个叫彭更的人，他是比
孟子更强大的先知，他的激情和理想有着更持久的力量，那
就是，不管以劳动伦理的名义还是以精神纯洁的名义，剿灭
人类的精神生活。

# 战 国 策

据说，苏东坡他爸苏洵，外出时每携一书自随，人或窥之，则《战国策》也。

这部《战国策》，文章真是好的，英奇纵放，如微博豪杰论天下事，怎么说怎么有理。老苏爱此书，学的也是作文之道：写文章如打仗，贵在取"势"，敌强我弱时，最好的办法是把水搅混、把局面搞乱，四面出击，虚张声势，饶你花岗岩般的读者也得被他说晕。

苏家父子之文皆有《战国策》之风，但学《战国策》只学了个作文，真正的精神全无领会，结果空做了纸上的苏秦、张仪，仕途蹉跎，毕生失意。

而苏秦、张仪，他们是何其得意呀。遥想战国时代，王纲瓦解、道德大废，一切都没了规矩，凡事都没了底线，除了一个孟子还在四处奔走，推销他的精神家园，读书人所思所想不外"名利"二字。那是自由的时代，也是黑暗的时代，一切可能性都向人敞开，人不再受传统、圣言和内心律令的束缚。荒原上，文士鼓舌，游侠仗剑，苍蝇无头，瞎猫乱撞，一切生灵都因为没有方向而分外繁忙。

例如苏秦，穷酸书生也，钻山打洞地见到秦王，一通神侃，献分化六国、各个击破之计。孰料秦王不识货，该先生咬牙切齿一番后掉头就去游说六国，这回所献之计却是联合起来，共同抗秦。结果，平地一声雷，挂上了六国相印，就算是铜的，每颗也得有一斤：舌头是轻的，话是轻的，但轻风吹来的却是梦寐以求之重。

言辞的滔滔洪流通向欲望的彼岸。所以，那是个话多的时代，漫天飞絮，万叶飘零，大狗小狗都叫，公鸡母鸡齐鸣，话是强者的通行证，沉默是弱者的墓志铭，在盛大的嘈杂中，话与话展开殊死的竞争：你的声音必须被人听到，你的话必须击中目标，说话就是打仗，就是兵行诡道，要拼实力比分贝，也要比技巧，分贝是自然条件，技巧却必须训练。

《战国策》就是说话技巧的教科书，其中有真实案例，也有模拟训练，苦口婆心，倾囊以授，根本要义就是：话是空的，它不指向真理或事实，它指向人的软肋——人的虚荣、欲望和利益。所以瞄准软肋，说吧，没啥不好意思，灵巧的舌头不仅具有审美价值，它能为你赢得世界。

　　于是，今夜偷偷打开苏洵的行李，你发现一部《战国策》，你愕然、茫然，然后冷笑：《战国策》还用读？江湖之上谁人不是胸中早有一部《战国策》，才下心头又上口头？

# 办公室里的屈原

《离骚》，古今第一大牢骚也。

据说，屈原是伟大的浪漫主义诗人。但照我看来，屈原丝毫不浪漫，《离骚》里，该同志官场失意，就开始失态，"制芰荷以为衣兮，集芙蓉以为裳"，换上奇装异服，并戒了大吃大喝，"朝饮木兰之坠露兮，夕餐秋菊之落英"，然后，就天上地下一通乱转，把古圣先贤、八方神仙全都请教一遍，阵势弄得极"浪漫"。但那抒情旋律七弯八绕，始终不离最实际的问题：怎么办？调离、跳槽还是留下来、熬到底？是从此放松了思想改造，还是继续严格要求自己？

多年前看过《离骚》，只觉得它像一座热带植物园，充满稀奇古怪的花木。如今再看，已是人到中年，这才发现它是关乎中国读书人的人生意义，这意义简单地说就在"进退出处"之间，四字如四面铁壁，牢笼多少灵魂。而屈原的天马行空其实也是螺蛳壳里的道场，正在那儿焦虑地挠墙。

这些话不该说，想必很多人不爱听，至少粽子厂不高兴。但我已经不打算吃粽子，粽子厂的心情与我无关。反正粽子总会有人吃，比如老公有了情人，那就不妨在端午节买几个，一边吃，一边长吁短叹读《离骚》，正所谓情景交融。

——《离骚》本是政治诗，但屈原有时把它写得像情诗，而且是失恋的、被抛弃的情诗。美人芳草的抒情传统未必始自屈原，但在屈原手里发扬光大，从此成了习惯。汉儒讲《诗经》，寤寐思服，辗转反侧，明明是想那小妹妹想得睡不着，硬解成心里惦着领导，生生熬出了失眠症！现在重读《离骚》，我觉得该思路恐怕是受了屈原启发。

——"惟草木之零落兮，恐美人之迟暮"，"众女嫉余之蛾眉兮，谣诼谓余以善淫"，话里话外，眉头心头，直把大王比成了老公，当自己是怨妇。每看到此等处，我便欲掩卷叹息：何必呢，何必呢，离婚就是了。

但屈原终究伟大，他唱出了中国人恒久的心病。在男权社会，没有男人喜欢人家把自己当成女人，但有一个重要的例外，就是写诗抒情时的"美人芳草"，也就是说，男人们见了女人还是男人，但提起笔来，对着有权有势、高高在上的男人，马上就在心里变成了女人，楚楚可怜。

然后呢，就自恋，就发牢骚。于是每间办公室里都可能有屈原：上司昏聩，小人当道，俺这正派能干的人儿兮，偏不受待见……

# 说　难

据说，龙这种动物性情温顺如猫，你就随便摸吧，但是，有一个部位不能摸，碰也不能碰：龙喉之下，有鳞长约一尺，名为"逆鳞"，大概是如同倒刺，摸之则龙颜大怒，张牙舞爪，人之小命休矣。

这无疑是重要的科学发现，韩非因此成为我国古代著名的博物学家。除了龙，他还研究虫，著有《五蠹》，对种种蛀虫有精深观察，而且探讨了灭虫方法。在龙尚未灭绝的时代，无数中国人就是通过韩非的书学会了与龙共处，还学会了说话。

说话很难，不学不行，所以韩非著《说难》。《说难》之"说"本应读"税"，游说也，专指当时那些凑到君王跟前摇唇鼓舌献计献策的知识分子。韩先生指出，这事儿难啊，难就难在"知所说之心，可以吾说当之"。这个道理后来中国人都懂了，韩先生的古文就成了大白话：说话的最高境界就是"说到人心里去"。

但如何说到心里去呢？韩非之前的谋略大师鬼谷子早有明示，就是"揣摩"，摩者摸也。韩非更进一步，乱摸也不行，万一摸到"逆鳞"呢？他很负责任地列举了揣摩所可能犯下的种种错误，每一种都后果严重，都是"身危"之祸。

所以，要学会说话，先要学会对说话的恐惧。龙之逆鳞在喉下，部位明确，且只有一片，但读了《说难》，你会觉得人心如同针眼儿，而针眼儿之外皆为逆鳞，话一出口就变成了骆驼，穿不过针眼儿却可能踩响了地雷。

韩非身处战国，当今读书人提起战国照例做心驰神往状，倒不是因为那时死的人多，而是因为那时可以胡说，我断定他们没读过《说难》。韩非也肯定不会同意这种看法，韩先生是古代的福柯，他比那位法国人更极端、更严峻：话语就是权力，你说的话必须成为一种神秘而危险的巨大权力的回声或倒影……

意识到说话之难，韩非却未能幸免于难。他把话一字字写在竹简上，一条最大的龙——秦王嬴政读到了他的话，大王舒服啊，句句说到了读者心里。但是，他的老同学李斯提醒大王：韩非乃韩国公子，怎么可能替秦国着想？于是，"逆鳞"动，韩非死。

　　韩非自幼口吃，这个瘦弱、阴郁的年轻人，他的舌尖推着巨石上山，他也看到巨石压在后人的舌尖上：话就是坎坷艰危的命。他是否想过，有朝一日话将是不值钱的风？

# 后　记

## 春秋无边无际，至今还在路上

从 2004 年到 2024 年，二十年了。二十年做了一件事，在春秋时代游荡。

2004 年 1 月，在《南方周末》开设了《经典中国》专栏，第一篇是写《战国策》，断断续续写到 2006 年，谈《诗经》，谈孔孟，谈春秋战国人和事；到 2010 年，与另外一些谈古书的文字编成一本《小春秋》；2017 年又增补编为《咏而归》。

2011 年，在《信睿》杂志上开了一个专栏就叫《小春秋》，专讲春秋故事,《左传》《史记》《吕氏春秋》《吴越春秋》，一边读一边写，从《寤生二三事》起，得几万字，一直散放着，不曾结集成书。

现在，将这几万字和《小春秋》中谈春秋战国的部分合为一卷，起个书名叫《我在春秋遇见的人和神》。

　　这个书名大概不算好，朋友投票，大多认为还是《小春秋》好。但装了一多半新酒，瓶子不宜照旧。《我在春秋遇见的人和神》有点啰唆，我本来最不喜书名啰唆，但这个书名好在有"我"。"我"从二十一世纪穿越过去，在春秋战国几百年间漫游，有所见、有所思，有所笑、有所悲，信马由缰、信口雌黄；如果真是我，早不知多少回横死于道路，所幸是"神游"不是"身游"。

　　"春秋"一词，是春天和秋天，一年一度春秋。古时，黄河流域气候温润，甲骨文中迄今未见"夏""冬"二字，所以，"春秋"涵括一年的繁华和衰败，指向循环往复的时间和自然。当时的史官们，依年月记述人间大事，这样的编年史通常名为《春秋》，人的活动、人的历史被回收于自然秩序。

　　现在所见的《春秋》由鲁国史官编撰，起于东周之后不久，从公元前722年逐年记叙到公元前481年，共计二百四十二年。这个时代因此得名——春秋时代。在古时，人们把这部《春秋》称为《春秋经》，确信孔子曾经予以整理和修订："孔子成《春秋》，而乱臣贼子惧。"现在看来，此事无法证实也无法证伪。鉴于《春秋》是中国文明最基本、最重要的经书之一，既然无法证伪，我们不如相信，它确实与孔子有关，其中隐含着圣人对人类生活的根本看法和训诫。

　　《春秋》极简，只用一万六千多个汉字说完了二百四十余年的历史。后来的史家和学者不断补充和阐释，其中最著名的是《春秋左氏传》，简称《左传》，相传是鲁国人左丘明所作。左丘明是谁、《左传》写于何时，至今难有定论。司马迁告诉我们，左丘明是一位盲人，这让人想起失明的荷马。左氏的确堪与荷马相比，他雄健的叙事不仅提供了详实的历史记录，更重要的是，生动刻画了中华文明青春时代的形象和心性。

孔子对自己所在的春秋时代持有绝对负面的看法，所谓"礼崩乐坏"，一切都在衰败，一切坚固的事物都在烟消云散，维系共同的文明生活的秩序和准则正在瓦解。他的看法深刻影响了后世，人们通常认为春秋是一个沉沦崩坏的乱世。

然而，对于春秋，那句老话同样适用：这是最坏的时代，这是最好的时代。证明它是最好时代的证据就是孔子本人——那个时代有老子、孔子、墨子出，百家争鸣，诸子横议，春秋是中国的精神源头。而晚近的考古发现表明，那其实是一个文明高度活跃的时代。对周王朝和旧秩序来说，那是衰败的秋天，但同时，那也是革命性的、生机勃勃万物生长的春天。

这本书所谈的人和事截止于春秋之后的战国时代，比如谈到了孟子、屈原，但整体上它的焦点在春秋。这是中华文明的少年和青年，春秋的人们横行于荒野，他们远不像后来的中国人那样拘谨，他们是猛兽和巨人，涌动着自然的大力，独对天地和本心。他们精力旺盛，天真莽撞，飘风猛雨般行动和破坏。当他们中的某些人忽然决心做个好人时，他们的道德实践如骄阳烈日、自抉肝肠。那是什么样的时代啊，充斥混乱、不义、暴力和贪欲，同时，也生出了一群高大、纯洁的英雄和圣人。

我在春秋遇见的那些人，他们是我们的远祖，是我们蛰伏的基因，他们是人，也是我们在梦中遥拜的神。"星沉海底当窗见，雨过河源隔座看"，我在《小春秋》跋中引用李商隐的诗，说的就是，漫游于春秋，遇见这些人和神，如见星沉海底，如看雨过河源，见出了我自己，看见了生命的低处和高处、深黑的泥泞和灿烂星空。

春秋无边无际，至今还在路上。

2024 年 7 月 6 日下午

## 一本书打开一个世界

欢迎订购、合作

订购电话：0571-85153371

服务热线：0571-85152727

KEY- 可以文化

浙江文艺出版社

京东自营店

关注 KEY- 可以文化、浙江文艺出版社公众号，

及浙江文艺出版社京东自营店，随时获取最新图书资讯，

享受最优购书福利以及意想不到的作家惊喜